Schmetterlingswehen

Bibliografische Information der
Deutschen Nationalbibliothek:
Die Deutsche Nationalbibliothek verzeichnet diese
Publikation in der Deutschen Nationalbibliografie;
detaillierte bibliografische Daten sind im Internet über
http://dnb.dnb.de abrufbar.

Verlag: BoD · Books on Demand GmbH,
Überseering 33, 22297 Hamburg, bod@bod.de
Druck: Libri Plureos GmbH,
Friedensallee 273, 22763 Hamburg

ISBN: 978-3-8192-6614-0

Michael Hirle

WonderLand
FH4

Wellen auch,
wenn ich nicht von ihnen träume,
Sonne auch,
wenn ich meine Augen schließe,
möchte kein Zurück,
nur den Moment
und eine Erinnerung,
Zweifel auch
und das schwarze Geräusch,
wenn ich mich verliebe.

Kapitel 1 – Wellen auch

Liebe Yasmeen,
vielleicht hättest du diesen Brief von Bone erwartet,
der dir vom Ableben seines greisen und launischen
Vaters berichtet. So bin ich es selbst, der dir schreibt und
ich sieche nicht, auch wenn ich schwächer werde und ich
liege nicht im Sterben auch wenn der Tod schon neben
mir steht. Wir waren all die Jahre in Kontakt, mal mehr,
mal weniger und Bone kam dich in Europa besuchen,
ihr ward am Meer und bei einem Konzert, was ihn sehr
bewegt hatte und die Fotos die er machte, lassen mich
seine Tränen nachspüren. Ich habe mein Land nie
verlassen, doch ganz viele Länder kamen zu mir, es ist
schön, dass Bone sein Leben anders lebt. Dieses Jahr,
jährt sich unsere Geschichte zum 100sten Mal,
auch wenn ich all die Jahre gesagt habe, nie wieder ein
Festival, nun ist es doch geplant und es wird mein
Letztes sein, der Schöpfer möchte wohl, dass ich noch
bleibe, um es noch einmal auf die Beine zu stellen.
Yasmeen, ich weiß, du lebst nun dein Leben und Musik
nimmt nicht mehr den Raum ein, wie vor Jahren.
Bist inzwischen verheiratet und selbst Mutter und doch
wäre es eine große Freude, wenn du und deine Familie
und natürlich deine Mutter, mich besuchen kommt und
du vielleicht ein paar Songs auf der Bühne vortragen
möchtest. Es ist wie immer für alles gesorgt, Flug,
Unterkunft (es gibt wieder ein Hotel, keines mit dem
Namen Wheeler, keines mit dem Namen Meyer).
Überleg es dir und gib mir,
gerne auch per Anruf, Antwort. Eagle

Ich sitze gerade am Strand. Der Brief flattert im Wind, meine Haare tanzen. Günther ist mit Christoffer auf dem Spielplatz. Eagle hatte öfter von dem Festival gesprochen, verwarf es immer wieder, auch T-Bone schwankte und doch sehen sie sich in der Verantwortung, solange sie noch auf Erden sind, an die Gräuel vor 100 Jahren zu erinnern. Die Harfe hatte ich seit der Geburt von Christoffer nur noch selten in den Händen, diese füllt nun er. Wir leben nun an einer Küste, die Vorbild für viele Kinderbücher war, die ich als Kind selbst las und wieder lese. Sie haben dieselbe Wirkung auf Christoffer, wie auf mich. Günther ist Schriftsteller, keiner der davon Leben könnte, er arbeitet in einer kleinen Bäckerei, ist die Nacht nicht da, manchmal glaube ich, sie ist Teil einer Flucht, vor allem in der Zeit als Christoffer noch ein Säugling war. Doch der Beruf des Bäckers ist älter und ein vertrauter Bestandteil seines Lebens, die Wut kam trotzdem in den einsamen, lauten und schlaflosen Nächten. Die Wolken sind grau, reiten tief über das ebenso graue Meer, das heute schäumt. Möwen kreisen und landen auf dem alten Steg, der für Menschen nicht mehr begehbar ist, Platz lässt, für alle, die die Menschen meiden. Ein altes Ruderboot liegt mit ausgebreiteten Armen nicht weit von mir auf dem Bauch, ist morscher Panzer für all jene, die Schutz vor den rauen Wind suchen und dennoch den Himmel im Auge behalten möchten. Der Wind reißt mir den Brief aus der Hand und trägt ihn hinaus aufs Meer, es zögert nicht, legt seine feuchten Zungen über ihn und drückt ihn in andere Welten,

die ich mir immer mal wieder ersehne, gerade, wenn es
zu laut wird und keine Zeit mehr für Träume ist.
In meiner Hand ein leerer Umschlag mit einer
Briefmarke von einem Präsidenten an den ich mich nicht
erinnere. Ich stecke ihn in meine Manteltasche
und schlurfe durch den Sand, der mir das Laub ersetzt,
das ich oft vermisse. Die Wälder sind zu weit entfernt
für spontane Spaziergänge. Das Lachen von Christoffer
ist schon zu hören, auch das von Günther, das so viel
höher tönt als seine Sprechstimme. Er sah mich auf
einem Konzert, es war nicht das Beste, eines der Ersten
nach meiner Rückkehr aus den USA. Er mochte es,
vor allem meine Stimme und ich mochte seine, die durch
meine scheppernden Ohren drang, nicht durch
Lautstärke, allein durch ihre samtige Tiefe. Ein ewig
schnurrender Kater. Liebe auf den ersten Blick? Nein.
Aber sie blieb, als die Schmetterlinge verschwanden,
er blieb, als ich verschwinden wollte, mich auflösen zu
Meeresschaum. Er blieb, ich blieb. Jetzt sind wir zu dritt
und es gibt einen Grund mehr um zu bleiben.

Wellen auch,
wenn Fischherzen lieben,
Wolken wandern
auf einem Bein,
kommen doch voran,
erkenn' es nur,
wenn ich stehe.

Kapitel 2 – Wenn ich nicht von ihnen träume

Christoffer hustet, die ganze Nacht. Stehe auf,
bringe Wasser, lege mich zu ihm. Seine Stirn warm,
aber nicht beunruhigend. Er verträgt den Wind nicht.
Doch Wind ist hier immer und überall. Günther ist schon
in der Arbeit. Auf dem Küchentisch steht eine Tüte
Brötchen und Gebäck, an beidem mangelt uns nicht.
Es spart Geld, das wir an anderer Stelle benötigen und
auch nicht haben. Manchmal begleite ich Günther zu
seinen Lesungen, begleite ihn mit der Harfe,
manchmal mit der Gitarre. Meine Mutter findet es
immer toll, applaudiert als einzige, geht mit Christoffer
nach draußen, wenn er unruhig wird, hat ihn manchmal
an den Wochenenden. Er liebt Elijah und seine
Masters. Vorallem den Klops. Die beiden füllen viele
Fotos und viele Sonntage. Erdbeerkuchen im Freien,
in Ma's Garten. Der erste Wespenstich letztes Jahr und
Günthers allergische Reaktion, wir wussten es beide
nicht. Überhaupt reagieren wir auf vieles empfindlicher,
Pilze sammeln wir noch immer nicht. Manchmal
denke ich noch an dich. An eine Zeit die längst
vergraben ist. Zweimal übermittelte mir T-Bone deine
Grüße, ich antwortete lapidar, „Gruß zurück",
oder ähnliches. Und doch fürchte ich an manchen Tagen
den Blick in den Briefkasten, als wäre er ein Spiegel,
der ein Fenster in eine andere Zeit öffnet, die noch
immer nicht verdrängt. Du bist noch da, vieles.
Mehr als ich möchte. Zärtlichkeiten, die sich unter
Berührungen von Günther mischen, manchmal weiß ich

nicht, wer mich gerade berührt. T-Bone meint,
dir geht es gut, bist glücklich. Ob alleine, oder mit
jemandem der dir sein Glück schenkt, weiß ich nicht,
möchte es auch nicht. Der Weg über den Teich hieße
in einen Ozean eintauchen, aus dem ich längst sprang.
Hinein in ein Goldfischglas. Die Begrenztheit tut mir gut,
das was nicht hineingehört, kann ich sofort orten und
hinausbefördern, ehe es sich auflöst und mir das Wasser
vergiftet, das ich atme, das ich lebe. Ich begann mit dem
Klavierspiel. Mein Gott, Schumann hat mir das Leben
gerettet, tut es täglich. Warum erst jetzt? Ich hadere mit
der Einladung. Ich weiß, ich muss, alleine wegen Eagle
und T-Bone, ich hoffe, dir nicht zu begegnen und doch
weiß ich, es ist eine Lüge. Ich hoffe es zutiefst.

Wenn ich nicht von ihnen träume,
dann träume ich von dir,
verweile auf vergilbten Kissen,
die ich nicht wusch,
damit wir bleiben,
ein Haar noch von dir,
ich legte es in ein Buch,
was ich mich nicht mehr zu öffnen traue.

Günther freut sich auf die Reise. Er liebt es zu fliegen,
war als Jugendlicher in der Welt unterwegs,
mit Rucksack und Notizbuch. Wir flogen noch nie
zusammen, noch nie zu dritt, noch nie zu viert.
Elijah wird in zwei Jahren volljährig, träumt schon jetzt
von seinem Führerschein, erlebt die Welt auf seinem

Mofa, er kommt nicht mit, aber wir sollen ihm etwas mitbringen. Keinen Klops, Platten. Lenny und Carol sind schon lange getrennt, aber den Plattenladen gibt es noch. Ich versuche seine Liste abzuarbeiten vielleicht macht mir Lenny einen guten Preis. Ich kenne keinen der Namen, die ersten Anzeichen, dass ich alt werde.
Ich habe noch immer Bones Platte, sie ist die einzige Platte die aufrecht steht, mich darin erinnert, hineinzuhören. Ich finde keinen Moment, immer eine Ausrede, Wichtigeres. Ich sollte sie mitnehmen, zurückgeben, es ist mir unangenehm, Versprechen nicht einzulösen, Dinge bei mir zu haben, die eigentlich nicht dort hingehören. Christoffer klimpert auf dem Klavier, eigentlich sollte ich froh sein, dass er Interesse zeigt und doch nervt es mich, er trifft genau die Töne oder Tonfolgen die etwas in mir auslösen, nichts Gutes. Manchmal spielen wir zusammen. Kinderlieder, Weihnachtslieder, er hat Talent, kann schon erste Noten lesen. Er liebt es unter dem Klavier zu sitzen, wenn ich spiele. Presst sein Ohr an den schwarzen Lack.
Ich spiele leiser, er summt. Er lächelt.
Ich liebe ihn.

Kapitel 3 - Sonne auch

Das Flugzeug schiebt sich durch die Wolken.
Günther sitzt am Fenster, Christoffer auf seinem Schoß,
Günther versucht zu erklären, die Schönheit zu erklären,
die schweigend an uns vorüberzieht. Ma sitzt ein paar
Reihen vor uns, genießt die Ruhe, blättert in einem Buch,
immer mal wieder ein Blick zu uns. Alles gut.
Die Höhe macht mir Angst, die Unbeschwertheit derer,
die ihre Ängste unter Kontrolle haben oder noch nicht
kennen. Ich versuche auch zu lesen, Christoffer
klettert über mich, will zur Oma. Die Stewardess ist nett
aber bestimmend, Christoffer ist es egal, er weiß was
er möchte. Ich hoffe auf seine Müdigkeit und auf ein
Gefühl, was mich nicht auf die Uhr blicken lässt.
Ich stelle mich schlafend, halbtot, irgendwann ist es
mehr als ein Versuch. Es ruckelt, Christoffer weint.
Ein Luftloch, ein Sturm, das Meer unter uns wie die
faltige Haut eines Elefanten. Wir versuchen ihn zu
trösten, ihn von dem Gurt zu überzeugen, auch Ma
schafft es nicht, er wählt meine Arme und meinen Bauch,
presst sein Ohr dagegen, wie gegen das Klavier.
Es beruhigt ihn. Er schläft ein, Günther nimmt meine
Hand. Ich fühle mich wie ein Außerirdischer als wir
landen, ein Sprung auf eine geteerte Matratze.
Ma ist nervös, Günther trägt Christoffer, er schläft tief.
Ich versuche mich an den Taschen und den Koffern.
In der Halle stehen Nelly und T-Bone.
Nellys Dauerwelle ist verschwunden, die Haare auffällig
blond gefärbt um die grauen Strähnen zu verbergen,

die da sind, ganz bestimmt. T-Bone erscheint mir für einen Moment wie der Holzhäuptling vor dem Souvenirshop, unverändert, trotzig gegenüber Wetter und Kindererstbesteigungen. Ich habe seinen Geruch vermisst. Wir stellen uns vor, obwohl wir uns alle kennen, vieles ist vergessen. „Yasmeen, wie schön, dass du da bist. Lisbeth, meine Güte, an dir beißt sich die Zeit auch die Zähne aus. Gunther und der kleine… Elijah?…Christoffer. Zum Glück schläft er…wir sind mit zwei Wägen da, ihr könnt euch aussuchen, wo ihr mitfahren wollt…die Damen bei mir? Die Herren bei der Dame? Ich finde der Vorschlag ist fair…"
Günther ist zu müde um zu protestieren, er ist froh, dass er nicht fahren muss. Wir warten auf unser Gepäck, teilen uns auf, steigen in die warmen Autos.
Christoffer schreckt auf, weint, er möchte mit mir fahren. Ma fährt mit Nelly. Günther sitzt vorne, neben T-Bone. Es ist ungewohnt und selten, dass er englisch spricht. Einfaches Schulenglisch. Manchmal helfe ich mit Worten aus. T-Bone spricht langsam, manchmal ein paar Brocken deutsch. Es ist genauso befremdlich wie Günthers Versuche. Die Sonne steht tief, der Sturm hatte vieles verzögert. Meine Beine und mein Rücken schmerzen. Ich freue mich auf die Raststätte.
Dieselbe wie vor 5 Jahren. Ein anderer Name, der Rest seltsam vertraut.
Burger, Pommes, was Kühles in Glaskrügen.
Ich weiß, wir werden halten müssen, Christoffer trinkt viel. Günther auch, er muss nicht fahren, deshalb kostet er von dem einheimischen Bier.

T-Bone hätte gerne angestoßen. Später. Die Sonne ist
beinahe verschwunden. Sand zwirbelt sich zu kleinen
Wolken. Der Kleine macht sich groß. Steht am Fenster
und bestaunt die riesigen Trucks die regelmäßig
vorbeirauschen. Manche haben Lichterketten,
beleuchtete Namensschilder oder blinkende Kreuze im
Führerhaus. Manche hupen, als hätten sie die kleinen
Augen gesehen, die dort staunen und sofort erzählen
wollen. T-Bone lacht und scherzt mit ihm, nimmt ihn auf
die Schultern, Christoffer nimmt seine Zöpfe als Zügel,
beide traben durch das Diner, wir sind die Einzigen,
niemand fühlt sich gestört. Wir fahren weiter.
Christoffer sucht nach seinem Spielzeug, es ist in
irgendeinem Koffer, wir zählen die Trucks die uns
überholen. Nach zehn fangen wir von vorne an.
Irgendwann ist es Nacht. Die Männer werden ruhiger,
T-Bone dreht das Radio an. Die Musik ist so anders,
als vor Jahren. Heute würden wir nicht mehr auffallen.
Gegen Mitternacht sind wir da. Wir verabschieden uns
flüsternd, verabreden uns noch für Morgen.
Ich bin wieder im Wheelers. Es nennt sich nun
„Wonderland". Neben dem Eingang, ein Mast mit den
Stars and Stripes, es flattert, wie ein nächtlicher Vogel.
Der Hotelboy überreicht uns die Schlüssel,
wir unterschreiben, gehen nach oben,
es hat nun zwei Stockwerke mehr.
Auf den Kopfkissen, Pralinen. Ein Beistellbett.
Günther duscht noch. Ich versuche Christoffer die
Schuhe auszuziehen, dann den Rest, der Schlaf ist jetzt
tiefer als der im Flugzeug. Ich bin noch aufgedreht.

Günther küsst mich, dreht sich zur Seite und schläft ein.
Vor dem Fenster ein voller Mond.
Ich starre ihn lange an und er mich,
irgendwann sind wir Eins,
umgeben von schnarchenden Sternen.

Mond
und Sonne auch,
könnte ich wählen,
es schiene nur das Eine,
heute Nacht,
wäre es heller,
damit es Sorgen verbirgt,
im Dunkeln,
bist du mir näher.

Kapitel 4 - Wenn ich meine Augen schließe

Es duftet nach Kaffee. Nach Toast und Speck.
Die Nacht durchlöchert. Loses Mauerwerk,
keine Zeit für Träume. Christoffer wach. Günther wach.
Den kleinen Mann zwischen mir und dem großen Mann.
Toilettengang. Erste Vögel. Gekicher, Gequengel,
Versteckspiel, Bettdeckenhöhle, die Angst er würde
ersticken. Günther knipst den Fernseher an.
Eine Kindersendung. Es ist bunt, es ist laut,
die Sprache unverständlich. Christoffer wird ruhiger,
rückt ans Bettende. Ich weiß nicht…Günther kriecht
unter meine Decke. Seine Hände sind kalt,
seine Füße warm. Ich weiß nicht, was ich besser finde.
Sie wärmen sich an meiner Haut, die Gänsehaut würgt.
Wir versuchen unauffällig zu sein, küssen uns leise,
Günther macht den Ton lauter, die Gefahr Christoffer
nicht zu hören, ist größer, wir genießen den Moment,
der uns zu Verbündete macht. Ein Blick auf die Uhr.
Eile. Das Essen ist gut. Es schmeckt wie damals, von
Woo. Es ist von Woo. Er kommt an unseren Tisch.
Eine Umarmung. Zweimal Händeschütteln. Ich muss
mich erklären. Es ist doch nur Woo. Der Speiseraum hat
nun Parkett. Wir sitzen am Fenster, dort wo Kirk lag,
sind Tische im Kreis aufgebaut. In der Mitte, eine junge
Frau, welche die Teller füllt. Ich habe wenig Hunger,
packe mir etwas in Servietten, auch für Christoffer,
der ganz vernarrt in den frisch gepressten Orangensaft
ist und zu essen vergisst. Günther blättert in der
Zeitung. Lesen ist kein Problem.

Derselbe Hügel. Dieselbe Bühne. Viele Autos,
viele Menschen. Transporter mit Satellitenschüsseln auf
dem Dach. Das Feld nebenan nun Park- und Zeltplatz.
Junge Menschen mit zerrissenen Jeans und bunten
Haaren die Flyer verteilen. Manche als Indianer
verkleidet, manche mit bebilderten Westen, manche mit
Dreadlocks und Barfuss. Vor Eagles Veranda sitzen viele
Teenager, ich hab ihn zuerst gar nicht gesehen.
Er sitzt auf seinem Stuhl, erzählt, die jungen Menschen
lauschen. Auf der Bühne, zarte Rhythmen und Klänge
eines Harmoniums. Christoffer geht an meiner Hand,
er drückt sie fest. Günther liest mir die Namen des
Flyers vor, manchmal muss ich nachfragen, weil er die
Namen so anders ausspricht: Shakti, John McLaughlin,
Carlos Santana, Patti Smith, Neil Young und eine
junge Band die ich nicht kenne, Nirvana, Allen Ginsberg,
John Updike und als Ehrengast Bob Dylan.
Selbst David Lynch hat sich angekündigt um einen
Dokumentarfilm zu drehen.
Christoffer zieht zum Holzindianer vor dem Museum.
Direkt daneben, eine riesige Tafel, mit all den Namen,
die beim Massaker 1890 starben. Es sind nicht alle.
Viele werden für immer in ihren Tipis bleiben.
Dort steht T-Bone, er hat ein Plüschbison auf dem Arm.
Winkt uns zu. Christoffer löst sich, wissend, dass das
Bison nun den Besitzer wechselt. Er umarmt T-Bones
Bein. „Du bist pünktlich. Günther, du hast einen guten
Einfluss! Eagle erzählt gerade noch. Du siehst,
dieses Mal ist vieles anders. Eigentlich ist es ein Wunder,
dass es jetzt so ist, wie es ist. Die Künstler von damals,

sprachen mit ihren Freunden und die mit ihren.
Du wirst lachen, kein einziger Künstler verlangt eine
Gage. Viele bezahlen sogar ihr Zimmer selbst.
Die Menschen haben sich die letzten 5 Jahre verändert,
weil sich die Welt änderte, die damals noch Kinder
waren sind jetzt Teenager. Teenager sind hungrig.
Manche kamen, weil sie damals mussten,
die Busse, du erinnerst dich. Bei manchen hinterließ
der Besuch doch ein Echo. Das Festival geht noch ein
paar Tage, wir würden dich wieder für den letzten Tag
bitten ein paar Stücke zu spielen, such dir aus, zwischen
welchen Künstlern du spielen möchtest, hier ist nichts
in Stein gemeißelt. Ich glaube Dad genießt es dieses Jahr
auch. Die Menschen sind offener, das macht es ihm
leichter, sich zu öffnen."

„Lisbeth. Yasmeen. Kommt. Kommt. Und das ist deine
Familie. Nur von euch gehört und auf Fotos gesehen.
In echt schaut ihr freundlicher drein. Und der Kleine,
hat schon ein Bison erlegt. Lass noch ein paar übrig.
Wollt ihr was trinken? Tom gibt zur Feier des Tages
sicher ein paar Limonaden aus. Betty? Die ist Zuhause,
seit fast einem Jahr schon. Die Bandscheiben,
aber Woos Schwester unterstützt ihn und Woo arbeitet
wieder im Hotel, dem „Wonderland". Eine lange
Geschichte. Wir gehen rein, dann haben wir alle Platz
und etwas Ruhe, T-Bone, nimmst du meinen Stuhl..."

Eagles Wohnung ist eine Zeitkapsel,
ich sehe mich noch am Fenster stehen. Zweifelnd.
Mich in die Vergangenheit wünschend. Jetzt trete ich aus
der Zukunft zu meinem alten Ich und sage,
alles ist gut und nichts ist vergessen.

Wenn ich meine Augen schließe,
Viertelvoracht,
eine Viertelstunde vor Verlassen,
werde nicht müde,
sammle,
späte Wunder,
die gereift,
greifbar,
weil Bodennah.

Kapitel 5 - Möchte kein Zurück

Eine Uhr tickt. Sie fiel mir nie auf. Möchte mich
woanders hinsetzen, näher an das Gelächter,
an Stimmen, die ich lange nicht hörte. Das Sofa ist weich
und reicht weit in die Tiefe. Eagle sitzt in seiner Kuhle.
Ma neben ihm. T-Bone auf dem Sessel, dessen Polster
schon ein weiteres Kleidungsstück sind, auch dort eine
Kuhle, aufgefüllt mit mehreren, platt gedrückten Kissen.
Günther und ich sitzen auf Stühlen, von draußen tönen
E-Gitarren, Eagle bittet T-Bone, die Fenster zu schließen.
„Nicht alles gefällt mir. Aber es kommt vom Herzen,
die wollen mehr, das gefällt mir. Yasmeen ich weiß gar
nicht was ich dir alles erzählen soll, das Meiste wirst du
wissen und das, was du nicht wissen sollst,
wirst du auch nicht von mir erfahren, denn ich weiß es
auch nicht. Der Löwe, also Meyer ist wieder in seiner
Villa, Gustav, wird die Klinik wohl nicht mehr verlassen,
wie es sein Vater schaffte...gute Anwälte, Geld...ich weiß
es nicht, jetzt muss ich aufpassen, dass ich euch nicht
verwechsle. Gustav, Günther...Der Sheriff hat noch mal
geheiratet, nicht groß, in Las Vegas mit Elvis als
Trauzeugen. Claire tut ihm gut, wirklich gut.
Er arbeitet weniger, das ist ein gutes Zeichen.
Carol...ist nach New York, wars New York, Bone?
Kalifornien...naja, Hauptsache, weit weg. Und Kristin...
sehe ich nur noch selten. Ich glaube sie lebt noch in ihrem Haus, ist sie noch bei der Polizei? Du weißt es auch
nicht. Du siehst, es gibt hier noch immer Geheimnisse.
Manches ändert sich nicht."

Die Musik lenkt mich ab. Sie gefällt mir. Ich empfinde
das Gespräch als bedrückend. Möchte unter Menschen
die mich nicht kennen. Tanzen, für einen Moment
vergessen, dass ich Lebensgefährtin bin, Mutter,
Tochter, Freundin. Rollenloses Wesen, ohne Masken.
„Eagle an Fischherz, wo bist du gerade? Ich glaube wir
reden später. Ihr seid bestimmt noch müde von der
Reise. Ich möchte euch Freude wünschen,
keinen Genuss, der wäre an dieser Stelle fehl, aber spürt
Freude für jene, die sie hier nicht spürten. Gedenkt ihrer,
aber vergesst euch nicht. Ich brauch jetzt etwas zu Essen
und du kleiner Mann, wie heißt er noch? Konstantin?
Wie komme ich jetzt auf den Namen? Christoffer.
Möchtest du auch was essen? Cookies? Kennt er nicht.
Er versteht mich nicht. Cookies versteht jedes Kind.
Bone holst du nebenan welche? Es liegt wohl in der
Familie, Woos Schwester bäckt, wie ihr Bruder kocht…
seht meinen Bauch an. Er ist Beweis genug für das große
Talent was beiden in die Wiege gelegt wurde.“

Möchte kein Zurück,
nur Momente,
die ungeteilt unter Dingen liegen,
beschwert,
mit einem Stein,
der manchmal süßlich schmeckt,
wenn ich ihn in meinem Munde wälze,
damit mich dürstet,
so sehr,
dass ich weitergehe.

Christoffer bleibt bei den Cookies, Eagle und Ma.
Günther geht mit mir vor die Bühne. Eine Band die ich
nicht kenne. Ungekämmt, ungezähmt und laut.
Gestreifter Pullover, Günther ist es schnell zu viel,
er geht an eine der Buden und holt sich einen Hotdog.
Er überlässt mich der Musik, die wütend ist und trotzig
und die Stimme so zerbrechlich. Ich lasse mich fallen.
Tanze. Mir wird warm. Der erste Augenblick den ich
nicht bereue. Möchte kein Zurück. Nicht jetzt.

Kapitel 6 - Nur den Moment

Irgendwann spür ich Günther wieder hinter mir,
ich rieche den Hotdog und das Bier. Ich spüre seine Lust,
keine die ich erwidern möchte, nicht hier, nicht jetzt.
Er schiebt mein Haar zur Seite, küsst mich dort,
wo schon andere Küsse wohnen, ewiglich.
Der letzte Song kommt zu früh. Applaus, die Band eilt
von der Bühne, der Sänger wirft sein Plektron ins
Publikum. Günther fängt es, reicht es mir.
Wir küssen uns. Ich spüre seine Lust und er die
Meine. Wir eilen auf das Feld, wo verlassene Zelte
stehen und die Autos glühen. Die Sonne ist hungrig,
zieht das Gefundene in Wolken, die noch zu weiß sind
für Unwetter. Irgendwann keine Autos mehr,
keine Zelte, nur hoher Weizen. Ich öffne seine Hose,
er steht über mir, ich ziehe ihn zu mir nach unten,
doch der Weizen verbirgt nur mich. Ich schmecke Salz,
das keines ist, wünschte die Sonne wäre noch
hungrig genug für jene Tropfen die mir den Hals
Lippenlos küssen und den Weg auf meinen Ausschnitt
finden. Jetzt erst gibt es ein Unten, dort wo Augen
Spiegel sind. Seine Küsse nun aller Lust entzogen.
Brav, fast bieder, so wie sich Freunde küssen.
Er reicht mir ein Taschentuch, ich tupfe, was die Sonne
nicht möchte. Etwas krabbelt über meinen Rücken,
die abgeknickten Halme drücken durch die Bluse.
Ich lege meinen Kopf auf seine Brust, spüre wie sein
Herz noch rast. Es rennt zu schnell, meines in weite
Ferne gerückt.

Nur den Moment,
der alleine ist,
nehme ich mit mir,
wir verstehen uns,
sind beim Du,
beim Sie nie gewesen.

Ein weicher Wind, über uns, wir bleiben unentdeckt.
Plötzlich schiebt sich eine kühle Hundenase an meine
Wange. Ich springe auf. Ein Pärchen lacht, grüßt uns.
Wir stehen auf, sie wollten nicht…und doch überlassen
wir ihnen unseren Platz. Wir gehen zurück. Ich drehe
mich um. Beide sind nicht mehr zu sehen.

„Wo wart ihr so lange? Christoffer ist schon ganz
panisch. Zum Glück hat T-Bone starke Schultern.
Sie spielten Pferd und Späher. Christoffer hielt
Ausschau, konnte euch nicht entdecken. Schatz,
deine Bluse, soll ich dir meinen Schal…" Es ist mir
peinlich. Ma, reicht mir ihren Seidenschal mit der Farbe
von Osterglocken. Günther geht mit Christoffer zurück
ins Hotel. Eagle bietet mir den Platz neben sich an.
Ich sinke in das tiefe Sofa. Irgendwas krabbelt noch über
meinen Rücken. Möchte es nicht zerdrücken, bitte meine
Ma sie möge es entfernen. „Eine Raupe." Eagle möchte
sie sehen. „Setz sie dort in den Topf, die braucht erstmal
eine Pause." Ich bitte ihn um ein Glas Wasser. Doch er
verweigert es mir. Auch T-Bone lässt mich nicht an
seinem Bier nippen. Ich bleibe durstig und gehe.

Kapitel 7 - Und eine Erinnerung

„Yasmeen, schön dich zu sehen, möchtest du etwas
essen? Na klar, für dich ist immer etwas in meinem
Kühlschrank. Für deine beiden Männer auch? Nur für
dich. Natürlich verrat ich's nicht, kennst mich doch.
Das Hotel? Wenn ich das wüsste, ich hatte das
Bewerbungsgespräch bei einer mir unbekannten Dame.
Sie war nett und sie zahlen gut. Mehr musste ich nicht
wissen. Bin jetzt seit 2 Jahren hier. Was mit Pilzen?
Kann ich dir machen. Bei euch sind sie noch verboten?
Verrückt das alles. Hätte hier auch passieren können.
Kristin? Hab ich ewig nicht mehr gesehen. Eagle wusste
nichts? Der weiß doch sonst immer alles. Frag doch Leo,
der ist öfter hier, der war am ersten Festivaltag hier,
ist ja jetzt verheiratet, ah, das weißt du schon. Find ich
toll, dass er sich in seinem Alter noch mal traut.
Im wahrsten Sinne. Manchmal muss man auf sein Glück
warten, aber niemand geht ohne von hier weg.
Ob ich glücklich bin? Es könnte schlimmer sein.
Also Pilze? Kommen sofort. Dort hinten ist noch ein
Tisch, ich bring's dir dann. Nichts zu danken."
Ich höre den Bass, der über den Hügel bis in das Holz zu
meinen Füßen kriecht, es vibrieren lässt. Wüsste gerne,
wer gerade auf der Bühne steht. Ich genieße das warme
Brummen. Freue mich über das Rührei mit Pilzen und
das kühle Bier. Es vertreibt den salzigen Geschmack,
der nicht gehen mochte. Ich möchte bis 10 zählen und
dann ist wieder alles in Ordnung. Ich komme immer
nur bis 8 oder 9. Dann schläft etwas ein, was es ändern

könnte. Günther und Christoffer schlafen auf dem
großen Bett. Der Fernseher läuft, irgendein Trickfilm mit
schrecklich gezeichneten Figuren, die mir Angst machen.
Ich gehe duschen. Heißer als gewöhnlich. Ich mag den
Duft der Hotelseife. Zimt und Orange. Ich hätte gerne
davon gekostet. Die Tür geht auf. Günther kommt in
die Kabine. Ich küsse seine Schulter und gehe hinaus.
Beim abtrocknen merke ich, dass ich meine Haare nicht
gewaschen hatte. Ich lege mich zu Christoffer aufs Bett
und schlafe ein. Raupen bevölkern mich, spinnen mich
ein, sie kriechen aus meinen Ausschnitt, versuchen mein
Gesicht zu erreichen, ich setze sie in eine Pflanze,
die irgendwann von einem wimmelnden Pelz überzogen
ist. Ich kann meine Arme nicht mehr bewegen.
Meine Beine. Werde Kokon. Mit einem Ruck wache ich
auf. Günther liegt hinter mir. Ich stelle mich tot.
Seine Hände sind kalt, ich versuche sie zu ignorieren.
Kann es nicht. Stehe auf, leg mich auf die andere Seite.
Christoffer jetzt in unserer Mitte. Er atmet gleichmäßig,
zuckt mit dem Bein. Ich fühle mich sicher. Günther starrt
an die Decke, dann auf mich, ich kann es spüren,
ich schlafe ein. Trotzig. Traumlos, gewandet in Schlaf.

Und eine Erinnerung,
mag erhalten,
was längst gestorben,
Geister verwaltet,
damit die Rosen bleiben dürfen,
die zuviel sind für all die Liebenden.

Kapitel 8 - Zweifel auch

Ich hatte mich schon Zuhause vorbereitet.
Stücke einstudiert, die Lerchenhaft blieben, nur in der
Dämmerung funktionierten. 4, 5 mehr nicht.
Natürlich auch unseren „Hit." Der nie einer war,
nie einer wurde. Ich nahm die LP in Berlin auf, T-Bone
hatte Verbindungen zu einem Studio und ich hatte eine
Begegnung mit David Bowie. Einer meiner Helden.
Er unterschrieb auf meinem Exemplar von „Wir Kinder
vom Bahnhof Zoo", den ich mir am Abend zuvor ansah
und Tags darauf den Soundtrack kaufte. Er war
überrascht, über die Platte, über den Moment.
Er malte meiner Christiane einen Bart. Es gab viele
Diskussionen mit Mr. Wizzkey, er wollte den Vertrag
lösen, auch das Geld für das Studio nicht vorstrecken,
da ja bereits ein anderes gebucht war. Ich mag das
Album nicht. Du kannst dir denken, warum.
Ich hab einige Exemplare mitgebracht, vor allem für
T-Bone, einige zum Verkauf. Meine Ma ist stolz,
hört die Platte öfter als mir lieb ist.
Die erste Probe auf dem Zimmer, die Zweite auf der
Bühne. Dann der Auftritt. Ich bin nervös. Unsicher.
Günther ist mit Christoffer unterwegs, ich bin ihm
dankbar, für so vieles. Er ist ein guter Vater und ein
guter Ehemann. Rede ich mir ein, ich hab ja keinen
Vergleich. Würde er dasselbe über meine Rollen sagen?
Ich denke nicht.

Nach der Probe gehe ich zu Eagle. Ich sah ihn auf der
Veranda sitzen, nicht wie damals vor der Bühne.
„Komm rein. Du weißt, warum ich dir gestern nichts zu
trinken anbot? Gut. Du wirkst unglücklich.
Dieser Gunther, liebt ihr euch? Du musst nicht darauf
antworten. Vor allem nicht mir. Ich wollte mit dir über
Kristin sprechen. Aber nicht vor den anderen,
nicht vor deinem Mann. Stacy und Kristin sind kein
Paar, sie wurden nie eines. Dieser Umstand belastete
auch die Beziehung zu Leo. Sie zog fort und machte die
Ausbildung woanders. Frag mich nicht wo. Carol ist
manchmal hier. Verbringt ihren Urlaub in dem Haus.
Das Haus ist noch in ihrem Besitz auch wenn der Löwe
weiterhin lauert. Der hat sich nicht geändert,
im Gegenteil. Nachdem alle Verantwortung für den
Sohn nun in den Händen der Klinik liegt,
er durch eine Zahlung rehabilitiert und freigesprochen
wurde, ist fast alles wie beim Alten. Nur Betty,
hat sich von alledem nicht erholt, hat die Scheidung
eingereicht, kämpft mit Anwälten um eine gerechte
Entlohnung der zerbrochenen Ehe und der erlittenen
Wunden. Und was macht Meyer? Heiratet seine
Sekretärin. So ist das heute. Betty führt jetzt das Hotel,
das hat er ihr überlassen und trägt wieder ihren
Mädchennamen: Wonder. Sie wohnt jetzt in Bones Haus.
Dort wo die Katzendame lebte. Sie ist vor 2 Jahren
verstorben. Die Geschichte lässt du dir besser von Bone
erzählen. Er hat sie gefunden, half dann bei der
Wohnungsauflösung, es gibt manche Dinge, die bleiben
besser hinter verschlossenen Türen. Yasmeen, es war

richtig, dass du gingst, du siehst, das Leben ging seine
Wege. Wir können den Lauf eines Flusses nicht ändern,
auch wenn wir uns in ihn stellen. Schau, deine Raupe
hat sich schon verpuppt. Ihr scheint es hier zu gefallen.
Bei der Aussicht und der Musik und den Resten von
kaltem Kaffee, gedeiht nicht nur der Zweig,
den sie sich für ihre Verwandlung wählte."

Mut
und Zweifel auch,
wenn ich auf die Uhr blicke,
die sich stets wiederholt,
mich beim Kreisen, einholt,
dabei immer andere Geschichten zeichnet,
während ich bei Meinen bleibe,
meine, sie seien nicht auserzählt.

Kapitel 9 - Und das schwarze Geräusch

Es sind zu wenig Tage um alle Rätsel zu lösen.
Ich genüge mir. Mit all meinen Abgründen, die sich zu
mir in die Höhe atmen und mir den Alltag bestimmen.
Günther ist ein loser Nagel in einer spröden Wand, der
unser Bild hält, solange niemand an dieser Mauer rüttelt.
Sich ein schwarzes Geräusch durch die Risse drückt,
bis das gesamte Haus Sturz und Staub ist. Nach der
Schwangerschaft ist alles weniger, obwohl ich mich erst
in meinen Wehen ganz als Frau fühlte.
Dieses unbekannte Wesen, das in mir sein eigenes Leben
führte, irgendwann nach draußen drängte, viel zu früh,
ich stand gerade an der Kasse, kaufte Strampler,
als meine Fruchtblase platzte, fiel die Frau hinter mir in
Ohnmacht. Die Verkäuferin eilte zuerst zu ihr, da sie sich
den Kopf an einem Schaukelpferd schlug und sich eine
Platzwunde zuzog. So viel Blut. Günther war noch auf
Lesereise. Christoffer war sanft, das ist er heute noch.
Die Nabelschnur durchschnitt eine Schwester,
Günther hätte sich diesen Moment so sehr gewünscht.
Vielleicht ist das der Grund, warum er so mit seiner
Vaterrolle hadert, da er nicht anwesend war.
Schnellen Sex möchte, aber keine Berührung,
weil er meinen Körper aushalten müsste,
der sich verändert hat. Ich habe das Bedürfnis in die
Kirche zu gehen. Ich müsste proben, mehr Zeit mit der
Familie verbringen. Ich müsste...ich....wie sehr ich dieses
Wort hasse, weil es alles zerstört. Der Weg ist nicht lange
genug um alle Gedanken zu denken, die gerade gedacht

werden wollen. Die Kirche ist kühl. Unsere Hochzeit
fand im Freien statt. Auf einem Feld mit Blumen im
Haar, es war kühl und windig und es begann zu regnen.
Die Gäste durchnässt und genervt, wir, glücklich.
Der Duft von geopferten Weihrauch und Innerlichkeiten
ist betörend. Ich zünde eine Kerze an, für jene die gingen
und wiederkamen. Und jene die blieben. Wer von ihnen
kämpfte wohl den größten Kampf? Ich liebe Musik die
Mut macht. Ein Organist ergibt sich in Gesäusel.
Ich setze mich trotzdem. Kreuzzeichen, Kniefall,
Andacht. Tränen. Ein Abgleich, was sein sollte, was ist.
Das Gefühl von Versagen. Und von Trost, weil jemand
vor mir jedes Versagen mit Trost belegte. Dankbarkeit.
Zeit zu Gehen. Die schwarze Nabelschnur
durchschnitten, heute.

Und das schwarze Geräusch,
verbeulte Posaune,
die längst zum jüngsten Tage rief,
herabsteigt von einem hohen Berge,
in die Täler dieser Zeit,
die vieles hofft
und doch nur Weniges,
was ein Lächeln hält.

Eine Frau setzt sich zu mir in die Bank. Kniet, erhebt sich, dreht sich zu mir. Lächelt. Ich meine sie zu kennen und sie mich. Ich bleibe sitzen, blicke auf den Altar und die bunten Fenster, die buntes Licht auf uns werfen. Die Kirche füllt sich. Aus dem Pfeifengesäusel erhebt sich eine Melodie. Der Drang aufzustehen. Rechts neben mir eine Säule die mir dies untersagt, auch die Frau neben mir, die sitzen bleibt, obwohl ich sie darum bitte. Sie lächelt. Eine kleine Glocke wird nahe des Altars geläutet, die Tür öffnet sich und der Priester betritt den Raum. Die Ministranten schwenken Weihrauchfässer, hüllen das Schauspiel in Nebel, Ehrfurcht, rücken es ins Geheimnisvolle, was nicht nötig gewesen wäre. Wir erheben uns, singen, beten, ich bleibe bis zur Wandlung, fühle mich nicht eingeladen, als Gast, nicht als Teil der Familie. Der Priester spricht das Hochgebet, die Orgel spielt ihre schönste Melodie, als wir nach vorne gehen uns im Kreis um den Priester aufstellen, der uns zum Mahle lädt. Die Oblate liegt auf meiner Hand wie eine Münze, die wertvoller ist, als alles Geld dieser Welt, wir warten, bis der Pfarrer selbst sein Brot in die Höhe hält und Worte des Danks spricht, ich schließe die Augen und koste, spüre die Wärme die sich aus dem sich auflösenden Brot löst, mir das Herz speist und mir meine Gedanken erlässt. Als ich die Augen öffne sehe ich den Priester und seine Gemeinde mit der Oblate auf den Zungen, sie blicken mit starren Augen auf mich, Hilferingend, tönend dieses Ah, was man vom Zahnarzt kennt, wenn er um einen geöffneten Mund bittet. Ich renne aus der Kirche, der Organist spielt den Flohwalzer.

Ich laufe zu Eagle, spüre wie mir eine Fliege ins Ohr
fliegt und auf meinem Trommelfell auf- und
abkrabbelt, den Ausgang sucht,
aus dieser Wendeltreppe ohne Stufen.

„Yasmeen, aufwachen. Du hast gleich eine Probe."
Günther pustet mir ins Ohr, früher waren es Küsse auf
die Stirn. „Du wolltest dich nur kurz hinlegen,
es wurden fast 2 Stunden, ich hab mir Sorgen gemacht.
Ich fahr mit Christoffer später ins Freibad, dieser
Häuptling, ja Eagle, meinte es gäbe eines in der Nähe.
Dann kannst du ungestört...was? Ich rede überhaupt
nicht abfällig. Deine Laune ist im Moment echt unschön.
Merkst du nicht, dass du gerade überall aneckst?
Ach ja, vorhin war ein Sheriff hier, der nach dir gefragt
hat. Wenn du Glück hast, ist er noch da...
Hey, wollen wir nicht noch reden...so eine..."

Kapitel 10 - Wenn ich mich verliebe

Ich hoffe auf frische Luft, doch diese trägt den Duft von
Bratwürsten, Curry und Bier. Ich laufe hinunter,
es begrüßen mich vertraute Klänge. „Heart of Gold",
ich wollte Neil nicht verpassen. Die Reihen vor der
Bühne sind dicht gedrängt, mir bleibt nur ein
undeutliches Hinten, dort steht auch Leo. Er ist in
Uniform. Ich tippe auf seine Schulter, seine Hand geht
sofort an den Revolver. „Yasmeen! Du spielst mit deinem
Leben wenn du so etwas tust. Es ist eine Freude dich zu
sehen, du hast dich kaum verändert, sind ja nur 4 Jahre,
du bist jung, da wird noch freundlich hinzuaddiert.
Schau mich an, mein Blond ist fast verschwunden.
Ja dafür ist ein Ring hinzugekommen, stimmt.
Die Nachricht ist sicher schon zu dir durchgedrungen.
Sag, wo hast du deine Familie gelassen, ich sehe auch
einen Ring an deinem Finger, T-Bone hat mir deinen
Mann vorgestellt, netter Kerl, ein wenig schüchtern,
liegt vielleicht auch an der Sprachbarriere. Wollen wir
ein paar Meter gehen, hier ist es fast zu laut, oder
möchtest du ihn noch sehen? Er tritt morgen nochmal
auf, wir sind schon im Zugabeteil. Ja ich bin dienstlich
hier, wirst nicht glauben wie viele Langfinger auf
Konzerten unterwegs sind. Zwei konnte ich schon
rausfischen. Mein Kollege ist in zivil, der treibt ihn
dann in meine Arme. Zuerst umgehen sie mich,
suchen sich die fernste Stelle und dort lauert er.
Aber verrat es keinen. Komm, am Feld entlang?"
Leo gibt seinem Kollegen ein Zeichen, er hebt seine

Bierdose. Wir gehen am Zeltplatz vorbei. An dem Feld
was nun andere Paare verbirgt. „Stacy, geht es gut.
Sie ist jetzt Immobilienmaklerin, ihre Mutter hätte sie
gerne in ihrer Kanzlei gesehen. Ein hart umkämpftes
Pflaster, da bleibt kaum Zeit für eine Beziehung.
Ja Kristin hätte es sich gewünscht...nein wir gingen nicht
im Bösen auseinander, wer hat das gesagt? Sie hat ihre
Ausbildung erfolgreich beendet und arbeitet jetzt an der
kanadischen Grenze für ein Reservat wo immer mal
wieder Mädchen verschwinden. Mehr darf ich dir
natürlich nicht verraten, aber wir sind nach wie vor in
Kontakt, nicht alle Fragen kann ich beantworten.
Nein, in festen Händen ist sie nicht, also nicht dass ich
wüsste. Weißt du, manchmal ist das in unserem Job auch
gar nicht so schlecht. Je heikler ein Fall,
desto größer die Gefahr für die Familie. Im Moment gibt
ihr dieser Umstand Freiheiten die sie sonst nicht hätte.
Die Nächte sind einsam, ganz bestimmt, aber sie sind
auch um viele Sorgen leichter. Wenn du möchtest,
kann ich dir ihre Nummer geben, hab sie in meinem
Notizbuch. Später vielleicht. Verstehe. Wie lange bist du
hier? Ein paar Tage nur? Wann ist dein Auftritt?
Dann laufe ich natürlich Streife. Der Löwe hat seinen
Käfig verlassen, das weißt du auch schon?
Ich befürchte so viel mehr Neues kann ich dir gar nicht
berichten. Dann weißt du das von der Katzendame mit
Sicherheit auch schon, also der Dorffunk scheint 1A zu
funktionieren. Traurig, ja. Aber gut, bei den vielen
Zigaretten wundert mich das nicht. T-Bone rief uns,
er machte sich Sorgen, nachdem die Katzen nicht mehr

kamen und die Schälchen nicht mehr gefüllt wurden.
Er schaute durch das Fenster und sah sie im
Wohnzimmer liegen. Es hat ewig gedauert,
bis die Wohnung wieder bewohnbar war.
Unglaublich was sich in einem Leben alles ansammelt.
Jetzt wohnt Betty Meyer drin, entschuldige Wonder,
darauf besteht sie und, wie du bestimmt auch schon
weißt, das Hotel führt. Ziemlich erfolgreich sogar, sehr
zum Leidwesen ihres Mannes, der sie gerne Scheitern
sehen würde. Nein kein Ex, so weit ist es noch nicht.
Das Verfahren läuft noch. Ja die Mühlen und so...ist bei
euch in Europa sicher nicht anders. Wollen wir wieder
zurück? Mein Kollege wird sicher schon unruhig.
Kristins Nummer? Klar, hast du was zum Schreiben,
warte, ich schreib sie dir auf..."

Und wenn ich mich verliebe,
so ist es etwas, woran ich mich erinnere.
Verzeih, wenn ich mir nicht mehr traue,
verlor den Stern,
den wir nach uns benannten,
dachte, morgen wäre die Welt dieselbe,
vor allem die Nächte,
die so unbewegt,
zwischen uns stehen.

Leitern,

die in den Himmel reichen,

sehe das Ende dieser Welt nicht,

möchte das Feuer,

als Asche spüren,

spüren, was es mir ließ,

schwarzer Rauch,

Schleier die argumentieren,

es sein zu lassen,

immer ein Balkon,

zwischen unseren Anziehungskräften.

Kapitel 1 – Leitern, die in den Himmel reichen

Ich weiß, dass du da bist. Leo hatte es erwähnt,
ganz beiläufig. Das Festival. Auf dieser Bühne stehen zu
viele. Zu viele Menschen, zu viele Erinnerungen.
Die neue Stadt tut mir gut. Ist Medizin, ist Gegengift.
Die Sommer sind kälter, die Wälder sind dichter,
die Menschen, kennen mich nicht. Ich bin eine unter
Vielen. Polizistin in einem kleinen Office und doch mehr.
Niemand weiß davon. Ein Geheimnis, das mich schützt.
Leo ist der Einzige, der um mein Doppelleben weiß,
das Keines ist. Eine Rolle, mit zwei Masken. Würdest du
mich fragen, was ich gerade mache, ich würde dir nur
von einer Maske erzählen, es wäre nicht gelogen,
du würdest nicht zu einer Mitwissenden. Dieser kleine
Ort ernährt sich von Holz. Ein riesiges Sägewerk,
das sich durch die Wälder frisst. Von unten sieht man
dies kaum. Ein Hubschrauber blickt auf den reich
gedeckten Tisch, viele Töpfe sind schon leer. Und dann
gibt es etwas außerhalb noch einen Topf, den mit dem
schwarzen Sud, den jeder über seine Portion möchte.
Ein Bohrturm, der an dieser schwarzen Palme zieht,
sie scheinbar endlos beerntet. Zwischen Wald und
Ölfeld, ein Reservat, die Männer arbeiten mal hier,
mal dort. Und die Frauen, verschwinden. Auch die
Mädchen. Jedes Jahr, zwei, drei. Sie tauchen auf keiner
Vermisstenliste auf, weil sich niemand zuständig fühlt.
Ich notiere die Namen, spreche mit den Angehörigen,
sie wissen von nichts und das, was auffällig ist, verliert
sich unter einem Stapel anderer Dinge, die mir mein
Vorgesetzter oben auf legt, irgendwann sind die Zettel

verschwunden. Ich vergesse es nicht, die Bewohner vergessen es nicht. Am anderen Ende der Stadt ist ein kleiner Club. Whiskey, Tabledance, Billard und ein paar Spielautomaten und ein großer Parkplatz für all die Trucks, die das Holz und das Öl über das ganze Land verteilen. Eine Spielwiese für allerlei Sehnsüchte, die im Rückgebäude, gegen wenig Geld, Erfüllung finden. Ich arbeite an der Bar. An manchen Tagen verdiene ich dort mehr mit halboffener Bluse, als mit meiner Marke an der Brust. Meine Haare reichen mir bis weit über den Rücken, ich hab sie seit deinem Abschied nicht mehr geschnitten. Im Polizeidienst trage ich sie in einem Knoten unter der Mütze. Nachts, offen, mit viel Haarspray. Gott, wie ich es hasse. Auf die Männer wirken sie wie ein Magnet, nicht selten bekomme ich ein Kompliment, in Form eines Drinks oder Trinkgeldes und natürlich der Hoffnung auf mehr. Zu aufdringliche Versuche, werden von unseren Türstehern Bobby und Zack, schnell und schmerzhaft unterbunden.

Das weibliche Personal wird von den beiden erst bei Tageslicht zurück in die Stadt gebracht, stets mit Umweg, nie vor der Haustür. Dieser Schuppen hier, heißt Wonderland, so wie jetzt unser altes Wheelers. Irgendwie seltsam, wie sich doch alles miteinander verbindet. Es gibt diesen Bereich, der verboten ist, hinter dem Haus, hinter dem Nebengebäude, im Wald, eine Hütte, die das bietet, was die beiden anderen nicht bieten. Ich bin jetzt seit 2 Jahren hier, niemand weiß von dem anderen Job, der unangenehm werden könnte.

Ich stelle kaum Fragen, gebe kaum Antworten.

Ich beobachte, bin der Eagle des Nordens.
Ich lächle, bewege meinen Körper zur Musik,
trage zu viel Makeup, spiele eine Rolle, wohl so gut,
dass man mir vertraut. Vor allem der Boss, in seinem
Hinterzimmer mit dem dritten Türsteher im Haus,
Karsten, ein Deutscher, mit Pferdeschwanz und
Oberarme, wie zusammengerollte Schlafsäcke.
Ich hasse das grelle Licht und die laute Musik,
den ständigen Geruch von Hochprozentigem,
die Anmachen, das verschüttete Bier, die verteilten
Erdnussschalen, den Klaps auf meinen Hintern,
wenn ich serviere, das Trinkgeld das stets mit
Hintergedanken verbunden ist, die alten Männer,
die ihre alten Frauen belügen, um ein paar Stunden hier
zu sein und das knappe Geld in den Slips der
Tänzerinnen versenken. Nero, mein Chef, der eigentlich
Giovanni Neruda heißt, ist weniger anzüglich,
bezahlt fair, ist 2 Köpfe kleiner als sein Bodyguard und
einen Kopf kleiner als ich und hat zuviel Mafiafilme
gesehen. Zahnstocher im Mundwinkel und einen halben
Schnauzer der sich auf seiner Oberlippe abstützt.
Sein Bruder ist der Schönere, hat stets eine andere
Begleitung und kümmert sich um das „Geschäft
draußen". Wenn beide vor die Tür treten, sehen sie aus
wie die Blues Brothers, eine Parodie der Parodie.
Mein Vertraute ist Lil', sie lehrt den Mädchen das Tanzen
an der Stange, nach einem Unfall, hat sie nur noch ein
Bein, ganz selten, tanzt auch sie, sie liebt den Moment,
wenn sie ihre Prothese abschnallt und die Männer das
Geld zurückstecken, lieber zu mir an die Bar gehen,

was das Geschäft auf andere Art- und Weise ankurbelt.
Sie ist Giovannis ältere Schwester, sonst hätte er sie
schon lange vor die Tür gesetzt, es mangelt hier nicht an
Frauen, die weder auf den Ölfeldern noch im Sägewerk
eine Anstellung finden und eine Familie zu versorgen
haben. Ich hasse so vieles hier und bin froh, dass du
nicht hier bist. Ich möchte nicht, dass du mich so siehst,
ich möchte nicht, dass du in Gefahr gerätst, wenn ich
durch eine Unachtsamkeit aufffliege. Es ist gut so, wie es
ist. Der Grund warum ich hier bin, lauert im Wald,
in einer Hütte und bevor du mich fragst, ja,
das ist es Wert.

Leitern,
die in den Himmel reichen,
Engel die sie halten,
ich weiß nicht wo sie stehen,
unten, oder oben,
jeder Tritt, ein Schwanken,
mit einem Bein in der Unvernunft,
mit dem Anderen in der Zuversicht,
noch vor dem Fall,
den Himmel zu erreichen.

Kapitel 2 - Sehe das Ende dieser Welt nicht

Nieselregen. Das Reservat, eine Ansammlung von Hütten, notdürftig zusammengehalten. Holz, Blech und Plastik, die Tropfen bespielen ein weites Xylophon. Kein Teer. Kies und Schlamm mit feuchten Augen, die den Himmel spiegeln, säumen die Wege zwischen den Hütten. Ich trage Gummistiefel, meine Füße versinken oft knöcheltief in dem aufgewühlten Morast. Auf den Wellblechdächern sitzen Krähen, lauern auf Reste, die immer irgendwo zu finden sind. Ich treffe mich mit einer der Mütter, deren Tochter seit 3 Tagen verschwunden ist. Sie sprach schon mit meinen Kollegen, doch die fühlten sich nicht zuständig, das ist graues Land, Dakotagebiet. Es gibt einen Polizisten, nicht weit von hier, er ist Mitglied ihres Stammes. Er war nicht zu erreichen. Er kümmert sich bereits um ähnliche Fälle, Lydia ist nicht die Erste, sie ist 13. Vor einem Jahr verschwanden zwei andere Kinder. Immer Mädchen. Immer spurlos. Eigentlich hätte es nicht passieren dürfen, sind die Kinder doch nie unbeobachtet oder alleine unterwegs. Gerade nach den Vorfällen. Sie war bei den Pferden. Striegeln, Hufauskratzen, im Kreis führen, manchmal auch reiten. Einer von den Alten ist immer dort, jeden Fremden würde man sofort bemerken, denn die Pferde weiden gleich hinter dem Reservat. Ihre Mutter kann auf den Stall blicken. Die Weide grenzt an einen Wald, wahrscheinlich hat man sie dort vom Pferd gezogen. Einer der Stallburschen hörte einen

Schrei, nur kurz, Lydias Pferd trabte aufgeregt und
reiterlos zum Stall zurück. „Wir gingen sie gleich suchen.
Nichts. Nicht mal unsere Hunde konnten etwas wittern.
Weg. Einfach weg. Bitte finden sie meine Lydia. Sie ist
doch noch so jung. Meine Schwestern, denen man letztes
Jahr ihrer Töchter beraubte, sind gebrochen, eine hat sich
erhängt. Ich möchte nicht so enden, ich habe Hoffnung,
sie sind meine Hoffnung und Carl. Carl Wombat.
Er tut viel. Aber er kann nicht überall sein, bitte helfen
sie ihm, mir, uns." Ihr Gesicht sah schon viele Tränen,
sie bot mir einen Kaffee, ich nahm ihn gerne.
In der Hütte war es zugig und der Regen brachte die
Kälte aus den Bergen. Ich notierte mir alles, befragte
jeden, der sich befragen ließ. Es waren nicht viele.
Vielleicht würden sie mit Carl sprechen.

Sehe das Ende dieser Welt nicht,
nur einen Ozean,
nur einen Berg,
der Grenze auf mein Auge schreibt,
wie sehr ich doch auf ein Ende hoffe,
einen Abgrund,
wohin man alles Dunkel treibt.

Vor der kleinen Hütte an der Landstraße, den man
Tränenhighway nennt, der zwischen dichten Wäldern
zahnt, stand ein Jeep mit Ladefläche, auf dem Dach ein
abnehmbares Blaulicht. Carl nutzte den Wagen wohl
auch privat.

„Ah du bist die Kollegin aus…ja der Chief dort informierte mich, dass jemand kommt. Der Jemand bist wohl du. Sheriff Carl Walker, aber sie nennen mich hier alle Wombat. Wohl wegen meinem Bauch. Das darfst du natürlich nicht. Aber Carl ist erlaubt. Es geht um das Mädchen. Ja, sie ist nicht die Erste. Letztes Jahr, vorletztes Jahr in einem anderen Reservat, das Jahr davor…sie alle blieben verschwunden, Gott, ich möchte nicht wissen was mit ihnen geschehen ist, aber der, der dafür verantwortlich ist, den bekomme ich und dann…zum Glück gibt es die Justiz, die das verhindert, was wir wahrscheinlich alle gerne mit ihm, oder ihnen, veranstalten würden. Der Kollege am Apparat sagte mir, dass dich Sheriff Leo ausgebildet hat, dann kennst du sicher auch Eagle. Es ist nicht zu fassen, die Welt ist klein, auch dieses große Land schrumpft auf die Größe einer Brotscheibe, wenn man jemanden kennt. Und wie ich ihn kenne! Wir treffen uns einmal im Jahr. Und T-Bone, sein Sohn mit dem war ich mal in Japan. Er hat dir davon noch nicht erzählt? Wir waren dort wandern, haben uns den Fuji angesehen, ein alter Wunsch von mir. Bone ist ja ein paar Jährchen älter als ich, er war schon mit dem Orchester dort. Ein Missionar damals in dem Reservat wo ich aufwuchs, kam aus Japan und er schenkte mir zum Abschied ein gemaltes Bild von dem Fuji, mit einer großen Welle davor. Die Welle war imposant, aber der leuchtende Berg, zog mich viel mehr an. Er wurde mir Sehnsuchtsort. Aber genug von meinen kindlichen Sentimentalitäten, nun geht es wieder um Kinder, deren Träume hoffentlich

stärker sind, als das Leid was sie gerade erfahren
müssen. Eigentlich liegt dieser Fall nicht in meinem
Zuständigkeitsbereich, ich bekomme Ärger, wie schon
die anderen Male… aber wenn man jemanden aus
Leos Team zu mir schickt, wie soll ich da Nein sagen."
Ich erzählte ihm von meinen Ermittlungen,
die doch recht dürftig klangen, auch nach zwei Jahren.
Die Bar verschwieg ich ihm. Er würde es eines Tages
selbst herausfinden.

Kapitel 3 - Möchte das Feuer

Wir fuhren zurück ins Reservat. Die Menschen dort,
jetzt Andere, mit denselben Gesichtern. Kinder
versammelten sich um Wombat, er hatte Süßigkeiten in
seiner Jackentasche. Es erinnerte mich an Bilder aus
Indien, Kinder die den reichen Weißen johlend
hinterherliefen, bis diese ein paar Münzen locker
machten. Lydias Mutter erzählte nun andere Dinge.
Ich weiß nicht ob sie meine Wut bemerkte. Ich notierte
auch diese, manche waren sogar konträr zu den
Erstgenannten. Wir gingen zur Weide, sprachen mit den
Stalljungen und der jungen Frau mit dem langen Zopf,
der gerade noch im Trab auf- und ab sprang.
Sie gingen mit uns zu der Stelle, die am nächsten an den
Wald grenzte. An einer Holzlatte klemmten schwarze
Haare, ich tat sie mit einer Pinzette in einen
Plastikbeutel. Ob sie von einem Pferd oder dem
Mädchen stammen, wird die Gerichtsmedizin
feststellen. Die junge Frau meinte, sich Tage vorher
beobachtet gefühlt zu haben, sie habe niemanden
gesehen, aber da war dieses Gefühl, sie mied die Ecke,
ritt lieber weiter vorne. Lydia sagte sie nichts,
dieser Gedanke bereitete ihr Schwere und Tränen.
Dann stiegen wir über den Zaun und gingen in den
Wald, der so ganz anders war, als der von Zuhause.
Stille wie in einer Halle. Irgendwo plätscherte wohl ein
Bach. Dichte Blättergewächse, nicht Gras, nicht Busch,
irgendwas dazwischen, pflasterten den feuchten Wald-
boden, der mit jedem unserer Schritte wie ein übervoller

Schwamm schmatzte. Jede Spur die dort einmal war, ist längst zurückgesunken, jeder Hinweis von dichtem Grün zugedeckt. Dieser Wald möchte schweigen.

Eagles Wald schrie um Aufmerksamkeit und um Nichtvergessen, um Gnade für die Verstoßenen, gehüllt in gnadenloser Zeit.

Wir gingen weit hinein, doch die Gefahr sich zu verlaufen war groß. Auch Carl empfahl zurückzugehen, obwohl er die Wälder hier kannte.

„Es wird gleich dunkel und dann haben wir ein Problem. Nimm es nicht persönlich, die Leute hier kennen mich, ich bin einer von ihnen, ich glaube das verstehst du. Eine Hundestaffel? Das wird Tage benötigen, bis sie mir die genehmigen, wenn überhaupt, vielleicht hilft es, wenn du mit ihnen sprichst. Meine Leute öffnen sich mir, deine Leute, öffnen sich dir. Ich finde das ist ein guter Deal." Ich stocherte mit einem Ast durch das Grün, in der Hoffnung vielleicht doch noch etwas zu entdecken. Ein Blinder tastet sich durch undurchdringliches Schweigen. Eine alte Bierdose, rostige Kronkorken, beim Hinausgehen ein Papier von einem Bonbon. „Ist mir wohl aus der Tasche gefallen. Wir sollten den Zaun abgehen, du die Seite, ich die, bis wir uns vorne beim Stall wieder treffen. Hast du noch einen von den Plastikbeuteln, meine liegen noch im Wagen, hab sie vorhin gegen die Bonbons eingetauscht." Der Zaun war ergiebiger: Verpackungen von zig Schokoriegeln, Coke Dosen, aufgeweichte Taschentücher, die Reiter hatten ihre Zuschauer. Alles musste mit, das Labor wird sich freuen.

Ich telefonierte noch mit meinem Chef, er versicherte mir, dass morgen die Hundestaffel käme. Ich spürte sein Kopfschütteln. Warum erst jetzt? Warum erst jetzt.

Der Wald,
möchte das Feuer,
das in ihm lauert,
wider der Vernunft und doch so nah,
sprich nur Funke,
sprich
und wir werden,
was wir stets gewesen.

An den freien Wochenenden arbeite ich in der Bar,
was unter der Woche geschieht, wer ein- und ausgeht,
ich weiß es nicht. Vielleicht jene, die ich bisher übersah.
Kalenderblätter, die an meinem Grenzen, denen ich aber
nie begegne. Lichtbringer mit dunklen Flügeln.

Kapitel 4 - Als Asche spüren

Ich träume nie von ersten Malen. Alles ist geprüfter
Stein, zurückgelegt in sein Bett, über das sich ein Fluss
schlängelt, mir Bilder bringt, die ich am Tage vermisse,
oder fürchte. Du stehst oft darin, mit hochgezogenem
Kleid, deine weißen Beine blenden, ebenso dein
blondes Haar, das dieselbe Richtung wählt wie der Fluss.
Ich möchte dir entgegengehen, das Wasser stets zu tief,
ich wundere mich nicht, warum du nicht versinkst,
die Zweifel kommen erst mit dem Erwachen.
Diese Welt hat andere Gesetze, ich frage mich,
welche der Welten gegen sie verstößt. Ich überlasse mich
dem Vertrauten. Telefoniere mit T-Bone.

„Kristin, bevor du etwas sagst, Yasmeen ist hier,
es wäre eine Gelegenheit sich mit ihr auszusprechen…
ach, das weißt du schon? Dad? Ach so Leo, ja der läuft
hier seine Runden, die machen das gut, die sind nur zu
zweit, aber haben schon manch faulen Fisch an Land
gezogen. Ich weiß du bist gerade ziemlich eingespannt
und kannst nicht weg, keine Ahnung wie lange sie
bleibt, ich kann sie ja mal ganz beiläufig fragen…sie hat
morgen oder, warte mal…Dad? Dad?...Wann steht
Yasmeen auf der Bühne? Morgen. Ja, Dad ist gerade bei
mir, der braucht mal Pause von dem Lärm, hier kann
er ein paar Stunden schlafen, die Bands werden immer
lauter, vor allem die Jungen. Wer spielt? Du meinst von
den Jungen? Puh ich kenn die doch nicht,
Nirvana konnte ich mir merken und Love Bone?

Kann das sein? Hab's mir nur wegen dem Bone
gemerkt…sonst hätte ich sie auch vergessen.
Aber deswegen rufst du sicher nicht an. Wegen Carl?
Carl Wombat? Den kennst du? Aber klar, der ist auch
von dort oben. Was kann ich dir über ihn sagen…
Es ist lange her, Dad trifft ihn jedes Jahr, wenn sich die
Schamanen und die Dorfältesten versammeln.
Warte mal…Dad…es geht um Carl…ja Wombat…ich soll
dir ausrichten, du sollst dich fernhalten.
Wieso Dad? Dad? Er antwortet nicht. Ja ein seltsamer
Kerl, bei ihm weiß man nie woran man ist und auf
welcher Seite er steht. Dass er Polizist wurde…gut das
ist eine andere Geschichte, er hat schon vieles versucht,
so kann er seinen Leuten am besten helfen, er fühlt sich
verantwortlich, naja, er war jung, Drogen und so…da
macht man schon mal dumme Sachen…das hat dem
Stamm sehr geschadet, das ist jetzt wohl eine Art
Wiedergutmachung, aber Leo kann da wohl mehr…
ach du hast es schon versucht…ja Leo wirst du die
nächsten Tage nicht an den Apparat bekommen,
er ist ja hier mit Fische fangen beschäftigt. Ich kann ihm
aber ausrichten, dass er dich…ich werd ihm sicher über
den Weg laufen, wenn nicht, zieh ich jemanden das
Portemonnaie aus der Tasche, dann ist er bestimmt
zugegen. Sonst kann ich dir nicht viel erzählen,
er hat ein Faible für Japan und Schnee, leider auch für
den, den man sich durch die Nase zieht, ich hoffe heute
natürlich nicht mehr. Aber Dad hat schon Recht,
ich würd's vielleicht anders formulieren: sei vorsichtig
was du ihm anvertraust, er hat mehrere Ohren.

Du ich muss dann wieder, Dad möchte zurück.
Ja richte ich aus, ja ich geb dir Bescheid,
wenn ich was von Yasmeen höre…Machs gut.
Ja…Pass auch auf dich auf."

Mich als Asche spüren,
bevor ich als tausende schwarzer Segel,
durch die Lüfte treibe,
vielleicht in einem Auge lande,
das sich zu Tränen reibt,
mich noch mal spüren,
den Menschen hab ich schon verlernt,
in Flammen verlernt.

Kapitel 5 - Spüren, was es mir ließ

„Und wie stellst du dir das vor, Mittwoch?
Samstag kommen die Leute, Samstag! Mittwoch ist der
Laden halb voll. Der Alte sitzt bei seiner Frau,
das Sägewerk liefert aus und die Ölfelder wollen
gemolken werden, da ist keine Zeit für Sex and Drinks.
Und die Wenigen die sich hier her verirren, das schafft
Lil' alleine. Mach das mit ihr aus."

„Kristin Schatz, Samstag ist mein Tag. Die Leute
kommen wegen mir. Ich stell mich doch nicht hinter die
Theke, nur weil sich bei dir plötzlich die Dinge ändern.
Mittwoch, schaff ich alleine. Lassen wir es so,
wie es ist, ja?"

Sie waren überrascht, dass ich unter der Woche in der
Bar auftauchte. Die Gäste konnte man an zwei Händen
abzählen und von denen war die Hälfte alte
Bekannte, die kurz den Kopf hoben und dann wieder
in sich versanken, die sich auch Freitag und Samstag
Abend an der Theke reihten, Drink um Drink bestellten,
ab- und zu ihren Anstand vergaßen und oft auch das
Geld. Anschreiben. Bei manchen fraßen die Listen bereits
zwei Monatsgehälter. Nero würde sein Geld bekommen,
wenn nicht bar, dann durch einen Gefallen. Man ist doch
kein Unmensch. Lil' zeigte den Mädchen neue
Choreographien oder justierte die Alten, wenn diese kein
Geld mehr brachten. Bestellte einer der Thekenzombies
etwas, unterbrach Lil' ihren Satz oder eine Bewegung,

schenkte nach und setzte Punktgenau dort an,
wo sie pausierte. Ich ging auf die Toilette, die am
Hinterausgang lag, der sonst immer bewacht war,
Mittwoch hatte entweder Bobby oder Zack seinen freien
Tag und jener, der Dienst hatte, befand sich am Eingang.
Ich nahm die Hintertür, der frischen Luft wegen, doch
die Tonnen, in denen Ratten und Mäuse raschelten,
färbten auch die frischeste Waldluft in dumpfen
Gestank. Ein dünner Weg fädelte sich zum
Rückgebäude, das nicht mehr war, als eine einfache
Hütte mit drei Zimmern. Vor der Tür standen Kartons.
Und zwei Großpackungen Küchenrollen. Vor den
Fenstern, vergilbte Vorhänge, an denen sich Sonne und
Nikotin abarbeiteten und wohl nur selten zur Seite
geschoben wurden. Die Tür, abgeschlossen. Ich ging um
die Hütte herum, an ihrer Rückseite befand sich auch
eine Tür, ebenfalls abgeschlossen und die Fortsetzung
des Pfades, der sich unter das Haus und dann weiter in
den Wald schlängelte. Niemand folgte mir. Ich bewegte
mich langsam, so dass mich jederzeit jemand daran hätte
hindern und ich es als normales Beinevertreten hätte
Begründen können. Der Trampelpfad wusste wohin er
wollte, keine verdeckten Stellen, er zog sich bestimmt in
eine Richtung und endete wieder vor einer Hütte,
noch kleiner. Gebäudematruschka. Jedes hätte,
in dem dahinter liegenden Gebäude Platz. Die Tür,
unverschlossen. Ich gehe hinein. Ein Raum, ein Bett,
ein Stuhl, ein Waschbecken. Mehr nicht.
Das Waschbecken ist genau gegenüber vom Bett,
über dem Waschbecken ein Spiegel. Ich laufe nicht durch

dieses Bild. Die Anordnung ist ungewöhnlich,
hinter dem Spiegel, wohl eine Kamera. Es riecht muffig,
um zu Lüften, muss man die Tür öffnen. Die Fenster
sind lediglich Lichtquellen, wenn man hier im Wald
überhaupt von Licht sprechen kann. Aber sie nehmen
dem Raum, ein wenig die Enge. Der Raum verheimlicht
seinen Zweck nicht, mehr möchte ich auch nicht wissen,
weiß ich doch jetzt schon zu viel. Ich gehe zurück.
Ganz langsam, schlendere fast, gehe durch die
Hintertüre wieder ins Innere, gehe auf die Toilette,
wasche mir die Hände. Verabschiede mich und fahre
zurück. Ich hoffe, dass mir Leo auf den AB gesprochen
hat. Hat er. Er meldet sich um 7. Das war vor
10 Minuten. Ich rufe zurück. Ich hoffe mehr als ich
warte. Bete mehr, als ich denke. Endlich. „Kristin?
Du hast Glück, ich war schon am Hinausgehen,
gleich spielen die großen Bands. Große Bands,
viele Fische. Heute sind wir zu dritt.
Es scheint wichtig zu sein. Leg los."

Warten,
und spüren was es mir ließ,
ich denke ocker,
atme ocker,
vergilbte Bilder,
die nie anders waren,
weil sie mit Furcht gezeichnet.

Kapitel 6 - Schwarzer Rauch

„Vergiss Carl. Was du erzählst, lässt sich nicht alleine
bewältigen. Leere F***hütten sind noch kein Beweis.
Ich kenne Nero, er sieht sich als Künstler, hast du mal
seine Bilder gesehen? Wusstest du gar nicht?
Die hängen doch überall bei euch im Schuppen.
Ich war nicht nur einmal dort, die Geschwister sind
gerissen und deren Tentakeln reichen auch bis in meine
Stadt. Drogen, Prostitution, Schmuggel,
Menschenhandel, Einflussnahme mit unlauteren Mitteln.
Die Familie ist groß. Selbst der Löwe hatte schon Ärger
mit denen, weil sie sich für Immobilien und
Grundstücke interessieren, die strategisch nicht ganz
uninteressant sind. Immer schön außerhalb, oder ganz
zentral. Keine Graustufen. Sie sind nicht sparsam mit
Drohungen und bekommen in der Regel, was sie wollen.
Und immer wieder Vernissagen, beworben mit ganz
viel Tamtam, die eigentlich nur Vorwand für Deals im
Hinterstübchen sind. Damit es nicht ganz so auffällig
ist, werden ein paar Bilder gekauft. Du möchtest nicht
wissen, was er für seine Kleckserei bekommt.
Gute Presse kann man sich zusätzlich kaufen,
oder Druck aufbauen, damit sie gut wird.
Kristin, du sitzt in einem Wespennest, so lange du
mitspielst, passiert dir nichts, doch ein Fehler…
Ich finde es mutig, dass du dich der verschwundenen
Mädchen annimmst, aber du merkst, mit dem
Verschwinden tun sich ganz andere Dinge auf,

ich kann hier erst in ein paar Tagen weg, soll ich dir
Vincent oder Nathalie schicken? Dein Vorgesetzter wird
zustimmen, vertrau mir. Ich werde sie in ein paar Tagen
ablösen. Alleine ist es zu gefährlich. Keine Widerrede.
Vince? Nathalie. Gut, ich spreche mit ihr. Ich muss jetzt
wieder angeln. Das hab ich Eagle versprochen.
Sagt er. Ich vertraue ihm. Pass auf dich auf und halte
dich zurück. Noch."

Mir wurde übel. Ich zitterte. Hätte dich gerne
gesprochen. Jetzt, da ich weiß, dass du in der Nähe bist,
wer sonst, könnte mir nahe sein, näher, als alles andere.
Ich spüre ein Feuer, Qualm, in feuchtem Holz.
Irgendwann hat es seine Umgebung vorbereitet,
dann leckt es mit gierigen Zungen, weil es keine Zähne
hat und ich, ich gebe nach, bis ich Asche bin.

Schwarzer Rauch,
entscheidest für mich,
was ich sehen soll,
was ich sein soll,
kein Feuer,
ich lerne den Atem einzubehalten,
solange, bis…

Meine Pistole liegt unter meinem Kopfkissen.

Gott wie das klingt,… wie ein Groschenroman oder eine Erzählung von Hemingway. Ein Vorabendkrimi beim Abendessen, bevor die Nachrichten kommen und den Appetit verderben. Vorher noch etwas Totschlag und das gute Gefühl, dass das Gute siegt. Meine Pistole liegt neben mir. Schwarzer Rauch, stieg schon öfter daraus, er färbte meine Finger mit hartnäckigem Ruß.

Ich konnte den Schuss riechen, den Abschluss vergeblicher Mühen. Meine Ohren surren, wie der versehentliche Anruf bei einem Faxgerät, oder zu lauter Musik. Wie sehr ich die Musik vermisse.

Ich ertrage sie nicht mehr. Nur die Stille, die mich mit dem versorgt, was fehlt. Pelikanmutter, die mich mit sich ernährt. Die Pistole liegt neben mir, manchmal ist der Lauf auf mich gerichtet, manchmal wünsche ich mir eine Hand…Manchmal bin ich froh, dass dort keine ist.

Kapitel 7 - Schleier die argumentieren

Das Telefon klingelt. „Erschrick nicht. Ich weiß nicht ob es richtig ist. Leo fragte ob er mir deine Nummer geben solle…ich zögerte nicht. Nicht einen Moment.
Wie oft ich sie schon gewählt habe, in den letzten Jahren, an dem roten Telefon in meiner Bat-Höhle, wenn alles zu viel wurde. Ich bin Mutter, kannst du dir das vorstellen? Ich mit Kinderwagen und mit Milch in den Brüsten? Hüften, die breit getreten sind und Wasser in den Beinen. Knoten in den Haaren, weil der Kleine ständig seine Hände darin hat, Augenringe, weil ich kaum mehr schlafe, Heisshunger auf Erdbeeren mit Sahne und die Dünnhäutigkeit von Papier, ich kann mir keine Horrorfilme mehr ansehen, ich bin so weich, nicht nur mein Körper, meine Seele, alles ist aufgeweicht in meiner neuen Rolle, die ich liebe, wie sehr ich Christoffer liebe und…, ach Kristin… entschuldige…ich platze hier so rein, lass dich kaum zu Wort kommen und plappere einfach drauf los, wie es übernächtigte Mütter tun…bist du noch dran?"
Ich weiß nicht, was ich dir antworten soll. Ich habe mit Leo gerechnet, Carl, Nero…wir reden lange, beschreiben unsere Leben. Ich bin zurückhaltend, möchte nicht, dass du mir etwas abnimmst, lasse dich in ein Fenster blicken, das dunkle Wälder zeigt und etwas Glück.
Sorge bindet, Mitleid bindet, Glück ist anstandslos, lässt Distanz, weil der Andere nicht daran beteiligt ist.
Ich würge dich ab. Nicht ohne Grund, aber zu früh.
Ich habe noch Zeit, davon weißt du nichts.

Ich wünsche dir Glück, für deinen Auftritt morgen.
Ich wäre gerne dort. Wirklich. Ich wäre überall lieber,
als hier. Morgen kommt Nathalie, vielleicht heute schon.
Sie wird mich in der Bar besuchen. Eine Freundin,
der Grund mal vor die Tür zu gehen, sie Nero vorstellen,
er wittert schöne Frauen, er wird sich uns aufdrängen,
Karsten zurückpfeiffen, der immer der Erste ist, wenn
ein neues Mädchen den Raum betritt, denn es kommen
sonst nur Männer, keine die man begehrt, keine die man
vermisst. Es klingelt an der Tür. Nathalie.
„Ging doch schneller als ich dachte, kaum Verkehr hier.
Mensch, schön dich zu sehen, du siehst ganz anders aus
mit den Haaren, steht dir! Ich hoffe ich komme nicht
ungelegen? Gut. Leo hat nur vage angedeutet um was
es geht, er wollte dies nicht am Telefon. Also, du bist
dran! Ja, was zum Trinken wäre großartig. Hab nur eine
Tasche, das geht schon, bleib ja nicht lange."

Schleier, die argumentieren,
in seltsamen Tänzen,
ich sah sie oft schon gebunden,
eng an Körpern,
die sich schämten,
weil sie die Gärten ließen,
die bewacht von Engeln,
ehe sie ihre Flügel,
für die Wahrheit zerrissen.

Ich bot ihr mein Bett, doch sie wählte das Sofa.

„Bin ich gewöhnt. Mein Freund, schnarcht wie ein alter Mann, dabei ist er 5 Jahre jünger und trinkt nicht mal. Naja, was macht man nicht alles für die Liebe und für etwas Schlaf. Manchmal frage ich mich, was wichtiger ist. Du lebst alleine? Du, ganz ehrlich, in dem Job, ich hab mir da auch schon oft Gedanken gemacht… die klassischen Was-wäre-wenn Gedanken…aber man kann doch nicht bis zur Rente sein Liebesleben einstellen. Krank ist das alles. Und das was du erzählst. Krank. Es gibt ähnliche Fälle. Reservate in der Nähe von Eisenbahnstrecken, von Industriegebieten, Ölfeldern… das sind oft Durchgangsorte. Die Trucks laden auf und nehmen manchmal mehr mit, als ihnen aufgetragen und aufgeladen wurde und entsorgen „es" irgendwo unterwegs, unbemerkt im Niemandsland.

Manchmal werden die Mädchen irgendwo abgesetzt, völlig verstört, oder sie verschwinden ganz. Nur wenige Fälle wurden bisher aufgeklärt. Niemand fühlt sich zuständig, möchte sich nicht zuständig fühlen, da man sich die Mädchen zuschiebt, als kleine Belohnung, Geld sitzt selten locker…die Firmenbosse wissen das oft gar nicht, es sind irgendwelche Vorarbeiter, Schichtleiter, dort wo Zahlen und Zeiten zählen, die sacken die Provisionen ein und schaffen sich kleine Vorteile bei den Angestellten oder Fahrern, die Aussicht auf etwas Spaß lockt und motiviert. Deinen Nero hat man schon lange im Visier, das weißt du ja, er hat gute Anwälte und überall Ohren, falls etwas gefährlich werden könnte, verschwindet es…

Beweise, Menschen, Verdächtigungen. Deshalb bin ich hier, je mehr Menschen Bescheid wissen,
desto geringer ist die Chance, dass einer plötzlich verschwindet, jemand einen Schleier darüber legt, oder ein Kissen, bis man verstummt. Glaub mir, die sind nicht dumm und wenn du sagst, du bist da ohne Probleme von Hütte zu Hütte spaziert, dann nur, weil sie es wollten. Sie haben dich beobachtet.
Die Frage nach dem Warum wird eines Tages kommen. Wir, du, musst darauf vorbereitet sein. Und zwar so gut, dass sie dir glauben oder wir kommen ihnen zuvor, so dass sich jegliche Frage erübrigt. Das wäre mir lieber, Leo übrigens auch. Er wird morgen oder übermorgen kommen. Dann werden sie unruhig werden.
Du wanderst durch ihre Gefilde und plötzlich kommen fremde Menschen und Polizei. Unauffällig geht anders. Aber ich glaube und nicht nur ich, dass du auf der richtigen Spur bist, deshalb sind wir hier und Leo und dein Chef haben dich nicht von dem Fall abgezogen.
So, ich glaube ich brauche noch einen Schluck, das viele Reden und so…."

Kapitel 8 - Es sein zu lassen

Wir fuhren zeitversetzt in die Bar. Nathalie musste schmunzeln, als sie mich geschminkt aus dem Badezimmer stolpern sah. Auch die Klamotten waren ihr fremd, wie so vieles hier. Meine Wohnung zusammengekürzt auf das Wesentliche, ganz anders als das Haus im Süden, das ich nur noch selten besuche. Carol kümmert sich darum und manchmal auch Lenny, auch wenn die beiden inzwischen wie Tom und Jerry agieren. Lil' erwartete mich schon obwohl ich pünktlich hinter meiner Theke stand. „Du, Nero möchte mit dir sprechen, er ist nicht gerade gut gelaunt, also nimm dich in Acht, einfach lächeln und vielleicht einen Knopf mehr an deiner Bluse öffnen. Keine Ahnung um was es geht, ich übernehm inzwischen, ach ja, bring noch etwas Wechselgeld mit, die letzten Tage waren gut besucht." Ich öffnete keinen Knopf, auch ließ ich das Lächeln, ich hätte mir die Sicherheit meiner Waffe gewünscht, die in meiner Handtasche in der Umkleide schlummerte. Dies wäre nicht auffällig, die meisten Mädchen hier tragen etwas bei sich, mein Ausweis liegt selbstverständlich Zuhause. Ich bemerke das Zittern meiner Oberlippe, das immer einsetzt, wenn ich nervös bin, hoffe, dass es mein Gegenüber nicht bemerkt. Karsten öffnet die Tür. Kein Lächeln, der grimmige Blick eines Wachhundes. Nero sitzt hinter seinem viel zu großen Schreibtisch. Auf dem viel zu viel steht und es mir schwer macht ihn in die Augen zu blicken.

Zurückgelehnt in seinem Lederstuhl, empfängt mich ein
Seufzer. „Tina, Tina, was machst du für Sachen.
Hab ich gesagt, du sollst dich setzen? Also.
Ich möchte es kurz machen, denn die Arbeit wartet.
Ich mag hier keine Schnüffler. Das gilt für Fremde,
als auch für das Personal. Verstanden? Ich glaube,
du weißt um was es geht. Dass du dir die Beine vertrittst
und eine Rauchen gehst, daran ist nichts einzuwenden,
bitte, vor der Bar, der hintere Bereich ist auch für dich
tabu. Ein Versehen dulde ich, Neugier nicht.
Ich dachte, nach…wie lange bist du jetzt hier…zwei
Jahren…wäre das klar. Gut, es ist das erste Mal und auch
das letzte Mal, dass ich dir das sage. Es im Guten sage.
Ich bin mit deiner Arbeit zufrieden, sehr sogar.
Gibt nur Komplimente, nie Beschwerden.
Deshalb bin ich heute freundlich, du weißt, ich kann
auch ganz anders sein. Also, zurück an die Arbeit.
Wechselgeld? Schon wieder? Nein, du kannst nichts
dafür, Lil' schickt dich, ich weiß. Die soll ihren Kunden
mal tiefer in die Augen blicken, dann erwarten die kein
Wechselgeld. Wenn es nicht meine Schwester wäre…
Familie halt…davon kannst du sicher auch ein Lied
singen. Sag ich nur so, ist ja überall, irgendwas.
So richtig viel weiß ich von dir nicht, kannst mir gerne
mal etwas von dir erzählen, so nach 2 Jahren, wäre es
schön, mal etwas mehr von einander zu erfahren.
Jetzt, zurück an die Arbeit. Und wenn sie Wechselgeld
benötigt, soll sie selbst kommen und nicht andere
vorschicken, sag ihr das!"

Ich bemerke den Schweiß unter meinen Achseln, Karsten grinst und gibt mir einen Klaps als ich an ihm vorübergehe. „Siehste, ist doch ein Lieber. Ich übrigens auch." Nathalie sitzt schon an der Bar. Trinkt irgendwas Buntes. „Das hat er gesagt? Mein Bruder ist ein Arschloch. Vater, hat ihn anscheinend nicht genug versohlt. Dieser kleine Napoleon, er kann froh sein, dass ihn Vater all das vermacht hat, sonst wäre er ein unbedeutender Pizzabäcker, irgendwo in Chicago. Ich? Glaub mir, ich hätte meinen Weg gemacht. Meinst du das hier, ist das was ich möchte? Never! Kümmerst du dich? Die da drüben, hat nach dir gefragt, kennst du sie?" Ich gab mich freudig überrascht, fiel Nathalie wie besprochen um den Hals. Immerhin kennen wir uns schon seit Kindertagen. So eine Überraschung. Es dauert nicht lange und Karsten setzt sich zu ihr. Lädt sie auf einen Drink einen, packt seine immerselben Sprüche aus, er bemerkt auch diesmal nicht, dass ich ihm ins Glas spucke. Wohl bekomms. Nathalie ist geduldig, spielt das Spiel mit. Wir kommen gar nicht dazu, miteinander zu reden. Irgendwann verschwinden beide auf der Toilette. Es dauert nicht lange, Nathalie, zwinkert mir zu. Gibt sich erbost. Verlässt das Lokal. Kurze Zeit später kommt Karsten, mit zusammengedrückten Oberschenkeln. „Sag deiner, dieser B…dass sie Ladenverbot hat, auf Lebenszeit…so eine B…"
Lil' lächelt. Geht tröstend zu ihm. Verlangt ein Glas Wasser. Ich reiche es ihr. Karsten greift danach. „Danke." Doch sie schüttet es ihm in den Schritt. „Gerne. Da hat noch was gebrannt."

Es sein zu lassen,
bevor es die Ränder ignoriert,
sich in seiner Überfülle zeigt.
Es sein zu lassen,
bevor es mich regiert,
Königreich nennt
und Zäune spannt,
Mauern, die nichts verlieren,
auch die Fähigkeit zu vergessen.

Kapitel 9 - Immer ein Balkon

Wir trafen uns Zuhause. Nathalie schlief schon.
Ich kam irgendwann morgens. Dann wenn die Vögel
und die Betrunkenen singen. Ich war zu aufgedreht für
Schlaf. Koche mir Kaffee. Der Duft scheint Nat zu
wecken. „Sag mal, wie spät ist es? Halb 7?
Du meine Güte, das sind Arbeitszeiten. Ich hoffe du
bekamst keinen Ärger wegen mir? Dieser Deutsche ist
echt ein…aber wahrscheinlich kommt er mit seiner
Masche durch. Eine Anzeige hat er sicher. Das weiß er
noch nicht. Aber ich warte noch etwas. Er bot mir zuerst
ein weißes Pulver an, wahrscheinlich Koks, ich vernein-
te, dann griff er mir zwischen die Beine, das scheint
einen Reflex bei mir auszulösen und ein Tritt zwischen
seine Beine war die Antwort, während er sich am Boden
zu etwas Wurmartigen zusammenfaltete, lief ich hinaus,
zuerst nach Links. Die Hinterhofhütte war beleuchtet,
durch die vergilbten Vorhänge war kaum was zu sehen,
aber zu hören. Mann, Frau, Stöhnen, was man halt etwas
Abseits erwartet, wenn niemand hinsieht. Bin dann
gleich wieder zurück. Offiziell ist da natürlich nichts,
man kann natürlich mal die Polizei vorbeikommen
lassen. Glaub mir, dieser Carl, hängt da bestimmt mit
drin, sonst wäre schon längst was in die Richtung
passiert, da ist nichts in den Akten hinterlegt. Er duldet
das Ganze, aber was bekommt er für sein Schweigen?
Umsonst ist nichts. Wenn wir nicht so in den hinteren
Bereich kommen, dann halt durch unwegsameres
Gelände. Der Wald hat viele Eingänge.

Jetzt mach erstmal Pause. Ich kann auch noch ein paar
Stunden vertragen, für den Wald benötigen wir unsere
Kräfte und einen klaren Kopf."

Der Schlaf kam schnell, ich träume von einer Katze an
Fäden. Sie tut mir Leid, möchte sie mit einer Schere
befreien, doch ich treffe ihre Fäden nicht,
schneide daneben, schneide in Vorhänge, die den Mond
aussperren. Ich sehe sein Auge durch die feinen Schnitte.
Die Katze miaut gar kläglich. Dann drängt sich Qualm
durch die Schnitte, ich versuche die Öffnungen
zusammenzuhalten, doch der heiße Rauch verbrennt
mir die Finger. Die Katze flüchtet und zieht mich hinter
sich her, ich hänge an ihren Fäden, kann nicht entdecken
wo…die Schere schon zu weit entfernt, in einem Haus
das brennt unter einem Mond der brennt.
Das Feuer kam von Außen.
Ich schrecke auf. Nat schläft noch. Ich gehe ins Bad,
gehe Duschen, das zweite Mal. Der Traumschweiß soll
mich nicht durch den Tag begleiten. Ich bemühe mich
um Stille. Vergeblich. Ich höre wie Nat, Teller auf den
Tisch stellt. Ich beeile mich, sie ist der Gast, ich möchte
höflich sein, zumindest ein Mindestmaß.

Immer ein Balkon,
wo man uns sieht,
was wir vor uns verbergen,
immer ein Stück weit erhöht,
Katzen reiben sich dort,
wenn zu viel Sonne darauf fällt
und wir tun es ihnen gleich.

Kapitel 10 - Zwischen unseren Anziehungskräften

Wir parken in einem Waldweg mit tiefen Reifenrillen,
hineingepflügt von den schweren Hinterladern, die hier
das Holz abtransportierten. Den Ort sahen wir uns
vorher auf einer Karte an, er scheint geeignet als
Startpunkt Richtung Bar. Wir tragen unsere Uniformen,
das Vorhaben ist offiziell, außerdem schützt sie uns vor
allzu offensichtlichen Willkürlichkeiten, falls wir durch
irgendein Fadenkreuz marschieren sollten. Doch die
Schwere der Unvorhersehbarkeit drückt auf uns.
Wir reden nicht viel, suchen Wege mit Karte und
Kompass, das Licht ist auf unserer Seite, erhellt so
manch natürliche Fallgrube oder Bärenfalle, die uns im
Dunkeln zum Verhängnis geworden wäre.
Immer wieder lässt uns ein Geraschel herumfahren,
die Waffe lösen. Der Wald lebt und wir wandern durch
seine vielförmigen Augen, die nicht von uns lassen.
Wir fühlen uns beobachtet, verfolgt, doch auch wir
lassen nicht ab von unserem Weg und irgendwann ist da
ein Glitzern. Zurückgeworfenes Licht von einer Scheibe,
die sich mit einem jeden unserer Schritte nähert.
Und wir bemerken erste Trampelpfade. „Ob sie weg
oder dort hinführen ist schwerlich auszumachen,
sie verlieren sich in dem dichten Grün in dem wir uns
bewegen. Frisch sind die Spuren nicht." Ich finde ein
Bonbonpapier. Stecke es in einen Plastikbeutel,
eigentlich müsste ich es nicht, weiß ich doch,
von wem es stammte. Ich fühle mich wie in dem alten
Dürrenmatt Roman, dessen Name mir gerade nicht

einfällt. Wir gehen einen Bogen, nicht direkt auf das Gebäude zu. Irgendwann sind wir nah genug und hören erste Stimmen. Ich kann sie zuordnen. Es müssten Bobby und Karsten sein. Nat reicht mir ihr Fernglas, es bestätigt meine Vermutung. Sie tragen Futternäpfe. Wir haben keine Hunde. Nero hasst Hunde, wahrscheinlich auch, weil er eine Hundehaarallergie hat. Sie bringen es hinter die kleinere Hütte, die F***hütte, wie sie Leo bezeichnet. Wir warten bis sie zurückkommen, dann schleichen wir näher. Zum Glück ist das Grün hier nicht mehr so dicht, so bleiben unsere Annäherungsversuche von einem verräterischen Rascheln verschont. Die F-Hütte ist nur wenige Meter entfernt, wir gehen von ihr aus tiefer in den Wald hinein. Dort stehen drei Hundehütten, vor ihnen stehen die Näpfe. Wir gehen näher. Die Hütten haben kleine Türchen, es dauert nicht lange, dann öffnet sich eines, ein Mädchen kriecht hervor, sie hat eine Leine um den Hals, als sie den Napf sieht und davon kostet, miaut sie wie eine Katze. Dann öffnen sich die anderen Türen. Wieder Mädchen an Leinen, sie stürzen sich auf die Näpfe, Hand, Mund, Hand, Mund, in binnen Minuten sind die Näpfe leer. Die Türen schließen sich. Bobby und Karsten kommen zurück. Sammeln die Näpfe ein und verriegeln die Türchen. „Sammelst du heute die Kacke ein? Ich war gestern dran. Manchmal hasse ich den Job." „Stell dich nicht so an. Oder willst du dass noch mehr Ratten kommen? Dann die Füchse, Wölfe, Bären? Und am Ende die Polizei?" „Du meinst Carl? Wirklich? Da hab ich vor Ratten mehr Angst, als vor diesem Zuckerschwangeren Wombat.

Wie lange soll dieser Unsinn noch gehen? Ich meine…
das sind Kinder…" „Solange es die Ölfelder und die
Sägewerke gibt…die Währung ist nicht schön, aber sie
bewährt sich seit Jahrzehnten. Du, ich, wir alle
profitieren…" „Und die Mädchen…?" „Meine Güte,
wirst du plötzlich weich…?" „Ich bin selbst Vater…"
„Ich würde ja sagen, such dir einen anderen Job,
aber du kennst ja Nero…aussteigen, heißt ins Grab
steigen. Augen auf bei der Jobwahl. Komm jetzt.
In einer Stunde, haben sie Auslauf. Bis dahin müssen die
Haufen weg sein." Ich spürte Nats Wut und das Ringen
um Verstand und Zurückhaltung. Wir mussten klar
denken, auch wenn wir den beiden gerne eine Kugel
zwischen die Augen gejagt hätten. Wir erwogen den
Rückzug. Ich machte noch ein paar Fotos. Der Rückweg
erschien uns ewig. Über der Sonne lagen jetzt Wolken,
unsere Schritte wurden wählerischer, doch die Hektik
wuchs über ein unerträgliches Maß hinaus. Ich stürzte,
Nat stürzte, sie half mir, ich half ihr, unterdrückte Schreie
in die Armbeuge. Tränen der Wut. Endlich das Auto.
Endlich den Wald im Rückspiegel. Nicht aber die Bilder,
die wir gesehen hatten, sie fuhren mit uns. Wir fuhren in
das Office meines Chefs, er kontaktierte Leo.
Er erreichte ihn über den Souvenirshop. Bei Eagle ging
niemand an den Apparat. Er versprach zu kommen.
Heute noch. Wir sollen Ruhe bewahren und im Office
bleiben. Wir hatten zu viel gesehen, das brachte uns in
Gefahr. Nicht weil wir beobachtet wurden, aber wir sind
jetzt Andere, wir agieren anders, vielleicht nur in
Nuancen, doch das wittert das Gegenüber,

das auf Veränderung geeicht ist.
Warten.
Hundert Jahre warten.

Zwischen unseren Anziehungskräften,
immer ein Balkon,
Schleier argumentieren schwarzen Rauch,
es sein zu lassen,
noch mal spüren,
was das Feuer mir ließ,
Asche sein
und ich sehe das Ende dieser Welt,
auf Leitern,
die in die Hölle reichen.

Haus an Haus,
ohne Stadt zu sein,
Frühlingsstürme,
jagen Vögel,
bringen Regen,
Landnahme und
Vermessung der Einsamkeit,
mit einem Kompass ohne Nadel,
Süden ist dort,
wo die Feuer bleiben.

Kapitel 1 – Haus an Haus

Kristin ich muss dir etwas sagen. „Später, Leo,
nichts ist wichtiger als Jetzt. Der Staatsanwalt ist
informiert, der Durchsuchungsbeschluss kam gerade per
Fax. Wir können sofort los. Jetzt kriegen wir ihn.
2 Jahre sollen nicht umsonst gewesen sein.
Nat, kommst du nicht mit?" „Versteh mich nicht falsch,
für diese Aktion bedarf es Andere. Ich bin inzwischen
Mutter von Zwillingen, kannst du nicht wissen,
woher auch, zu unseren Leben kamen wir gar nicht.
Ich möchte, nein ich muss mir meine Identität bewahren,
das solltest du auch. Leo, was meinst du?"
Ich respektierte Nathalies Sichtweise und Entscheidung.
Kristin, wollte sich diesen Moment nicht nehmen lassen.
Ob er etwas mit Triumph zu tun hat, ich weiß es nicht,
vielleicht geht es nur um das Ende der Geschichte,
damit sie einen Abschluss findet, der die Fäden wieder
in die Stille führt. Ich kann sie verstehen. Und ein junges
Polizistenherz möchte die Gerechtigkeit nicht nur auf
dem Papier, man muss sie spüren.

Das Abendrot gab dem Tag etwas Unschuldiges.
Fast sanft riss es die Wälder aus schwarzem Papier.
Bewegungslose Krokodilrücken säumten den
Tränenhighway, irgendwo war ein Maul geöffnet.
Dorthin fuhren wir, geradewegs hinein, in der Hoffnung,
es würde sich bis zu unserer Rückkehr nicht schließen.

Wir fuhren auch an Carls Office vorbei.

Er stand gerade bei seinem Wagen und rauchte.

Als er uns sah, lief er ins Haus. Einer unserer Wägen bog bei ihm ein. Im Rückspiegel sah ich nur, wie sie mit gezogenen Waffen in das Office stürmten. Schwarzer Rauch stieg in den dunkelblauen Himmel.

Mein erster Gedanke: sie wurden gewarnt.

Kristin fluchte. Unser Polizeikorso fuhr schneller.

Vor der Bar, Aufruhr, die Feuerwehr war schon dort. Eine Frau auf einem Bein, fuchtelte nervös mit den Armen. Kristin und ich sprangen aus dem Wagen, fragten den Einsatzleiter was los sei, ein Feuer im Rückgebäude. Nero schien nicht da zu sein, auch seine Bodyguards nicht. Nur einer der Türsteher, Bobby. Kristin lief auf ihn zu. „Wo sind die Kinder?"

„Wovon sprichst du, Tina bist du das? Du bist ein Cop? Scheiße. Ich will einen Anwalt." „Den wirst du auch benötigen, denn die Kinder gehen auf deine Kappe, aus der Todeszelle kann dich auch dein Anwalt nicht boxen." „Ich hab sie freigelassen, die sind in den Wald. Nero wird mich umbringen." Kristin und ich liefen hinter die brennende Hütte, erste Feuer hatten schon auf den Wald übergegriffen. Die Feuerwehr ließ uns nur mit der Begründung, dass dort Kinder seien, durch.

Wir kamen zu den Hundehütten, von denen Kristin erzählte. Sie standen offen, die Leinen, durchgeschnitten. Wir mussten nicht lange suchen. Die Mädchen saßen nicht weit entfernt auf einer kreisrunden Stelle, die nicht von Grün bedeckt war. Auf dem weichen Erdboden standen etwa 10 Kästchen. Kleine Holzwürfel.

Die Mädchen saßen dazwischen. Sie schienen keine
Angst zu haben. Kristin versuchte mit ihnen zu
sprechen. Versuchte, beruhigende Worte zu finden,
doch das Einzige was die Mädchen taten, war wie
Katzen zu miauen. Sie wollten den Ort nicht verlassen,
auch mit dem Blick auf das Feuer nicht, das sich langsam
in den Wald hineinfraß. Ein Sanitäter und zwei Kollegen
trafen bald ein und eine Psychologin, die Kristin,
für den Notfall engagiert hatte, wenn wir die Mädchen…
aber sie waren am Leben. Und die Psychologin nahm
sich nicht uns, sondern ihrer an. Sie vertrauten ihr,
denn sie trug keine Uniform. Eines der Mädchen,
wollte sich nicht von einem der Holzwürfel trennen.
Wir überließen ihn ihr. Dann öffneten wir die Würfel.

Haus an Haus
und doch bleiben wir Fremde,
wolltest du mir nicht etwas erzählen,
für etwas mehr Nähe?
Abendrot,
Spättagesblut,
das zu dunklen Flecken trocknet,
ich liebe es, daran zu spielen,
bis daraus ein neuer Morgen steigt.

Kapitel 2 - Ohne Stadt zu sein

Ich zog mir mein Unterhemd über die Nase.
Der Rauch wurde von dem Löschwasser und einem
sanften Abendwind zu uns gedrückt. Kristin und ich
knieten über den Kästchen. Keiner traute sich,
sie zu öffnen. Ich seufzte und öffnete den Würfel,
ich war überrascht über das, was ich dort fand.
Ein abgeschnittener Zopf. Kristin öffnete ihren und fand
darin ebenso einen. Wir öffneten die Restlichen,
nur ein Kästchen war leer, in all den anderen befanden
sich abgeschnittene Zöpfe, jeder trug am Ende eine
andersfarbene Schleife. Wir schichteten die Würfel
übereinander und brachten sie zum Wagen.
Inzwischen stand auch die Presse vor der Bar.
Lil' und Bobby waren schon auf dem Weg ins
Präsidium. Neros Büro, verriet eine überstürzte Abreise.
Ein geöffneter Tresor, herausgezogene Schubladen,
leere Patronenschachteln, verstreute Zettel und Ordner.
Er wurde gewarnt. Wahrscheinlich von Carl.
Wir würden es erfahren.
Im Präsidium herrschte Aufregung und Gedränge.
Lil', Bobby, Carl, die Tänzerinnen, in einem Zimmer
abseits: die Mädchen. Polizisten, zusammengetrommelt
aus den umliegenden Städten. Immer wieder flogen
Helikopter in die Nacht, ein Lichtkegel tastete sich mit
seinem Rüssel über Straßen und Schleichwege.
Weit konnten sie nicht sein. Sie hatten bestimmt ihre
Verstecke. Der Fall der Fälle, trat ein und dieser war
geprobt, mehrfach, in letzter Zeit bestimmt öfter,

man merkt, wenn man den Bogen überspannt hat.
Bei den Mädchen saßen die Psychologin und eine
Kinderärztin, in Kürze würden die Eltern eintreffen.
Das Mädchen mit dem Würfel, öffnete ihn für mich.
Darin auch ein Zopf, mit einer grün, rot gepunkteten
Schleife. Die Mädchen sprachen nur die Sprache der
Katzen. Ich hatte so viele Fragen. Die Kinderärztin
würde, sobald die Eltern eintrafen, mit den Kindern in
die Klinik fahren. Sie konnten kaum aufrecht stehen.
Ihre Notizen, füllten jetzt schon einige Seiten.
Sie schüttelte den Kopf, als sie meinen fragenden Blick
sah. Die Medien folgten uns. Der Polizeifunk hatte seine
Lücken. Inzwischen standen auch Fernsehteams auf
dem Parkplatz, selbst die vielen anwesenden Polizisten,
verlangten nach Verstärkung. Kristins Chef schien mit
der Situation überfordert, mit so einem Andrang hatte er
nicht gerechnet. Joe stand kurz vor dem Ruhestand,
die letzten Jahre waren hier eher gemächlich.
Viele Häuser, keine Stadt. Nur die verschwundenen
Mädchen bereiteten ihm schlaflose Nächte.
Antworten hatte er schon lange, aber keine Beweise.
Nun hatte er sie, fluchend, schimpfend, störrisch,
drohend und doch waren sie nur blendendes Beiwerk,
die Federführer verkrochen sich nun unter reglosen
Schatten, solange bis sie einen Zeitpunkt zur
Vollendung einer lange vorbereiteten Flucht fanden.
Sie hatten Zeit, wir nicht. Jetzt galt es Rauch in den Bau
zu blasen und sie in unsere Hände zu treiben. Lil',
Bobby, Carl, sie kannten den Bau, dass sie
zurückgelassen wurden, machte sie wütend,

empfänglich für Deals. Wie ich dieses Wort hasse,
das stets nach einem dem Vorteil,
ungleich gewichteten Nachteil klingt.

Ohne Stadt zu sein
und doch Mitte,
sehe den Wind auf Ästen wippen,
uraltes Spiel,
manche bleiben stets in der Höh',
manche kennen nur die Tief',
ein Lachen dort,
wo es das Gewohnte verlässt.

Kapitel 3 – Frühlingsstürme

Bobby gab sich kooperativ. Seine Angst, spürbar.
Ich weiß nicht vor wem er mehr Angst hatte, vor uns
oder vor Nero, wenn er denn wieder auf freien Fuß
käme. Er war von allen Angestellten, ausgenommen
Kristin, am Kürzesten im Team. Er musste einige
Mutproben durchlaufen um überhaupt aufgenommen
zu werden. Er war für einige Feuer verantwortlich und
entführten Pferden, die nach ein paar Tagen wieder
zurückkehrten. Sie hatten einfach nicht den Platz dafür.
Er selbst wuchs auf einer Farm auf und die Arbeit mit
Tieren kam ihm zu Gute, so übertrug man ihm auch die
Versorgung der Mädchen, die man wie Tiere hielt.
„Das war nicht meine Idee, das müsst ihr mir glauben,
was hätte ich denn tun sollen? Ich hab sie nie angerührt,
war immer gut zu ihnen, verteilte Süßigkeiten,
nein entführt hab ich sie nicht. Das war…Carl.
Ich meine die vertrauen ihm, er ist ja einer von ihnen.
Keine Ahnung was mit den anderen Mädchen geschah,
welche Kästchen? Leute, bekomm ich einen Anwalt?
Was muss ich zugeben, dass ihr mich hier behaltet?
Lasst mich nicht frei, bitte beschützt meine Familie,
ich habe Kinder, bitte…und dass du eine von denen bist,
ich hätte es wissen müssen, du warst einfach zu nett,
kein Mädchen von der Straße." Kristin gab sich
regungslos. Im Nachhinein hätten sie alle die Dinge
durchblickt, das sind Floskeln. Ich könnte Bücher über
das Verhalten von Beschuldigten schreiben.
Der Zeigefinger, der größte aller Finger.

Carl musste von zwei Kollegen hineingeführt werden.
„Ich bin einer von euch, ich kenne meine Rechte,
was wollt ihr? Bekomm ich keinen Kaffee? So ist das
doch unter Kollegen. Leo, ich hätte es wissen müssen
und du Kristin Wheeler, ich kenne dich, ich kenne deine
Geschichte, du kamst mir gleich so bekannt vor.
Meinst du, wir hatten deine Akte nicht auf dem Tisch,
als das mit deinem Bruder geschah? Und Bone ist ja ein
guter Freund von mir, meinst du, wir hätten nie über
dich gesprochen? Ihr habt den Falschen. Seit Jahren
ermittele ich gegen Nero, halte die Gegend in Ordnung,
die ohne mich längst in Chaos versunken wäre.
Meine Methoden sind bestimmt angreifbar, aber hey,
ich bin Polizist, erlaubt ist, was das Gute bringt. Ist doch
so. Dass man mich jetzt hinhängen möchte, ist doch klar,
das müsste euch doch auch klar sein, der naive Indianer
ist Schuld, ist doch immer so. Sind's nicht wir, sind's die
Schwarzen, die Latinos oder die Europäer. Ist doch so?
Was hat Bobby gesagt, mit anderen habt ihr ja noch nicht
gesprochen. Dass ich für die Entführung der Mädchen
verantwortlich bin? Das hätte er wohl gerne. Meinst du
wirklich, Leo, ich würde meine Leute verraten?
Ihnen die Töchter rauben und den geilen Weißen zum
Fraß vorwerfen? Für wie dumm und einfältig hältst
du mich? Meinst du ich hab die blutigen Dollar von
Nero nötig, dass ich mein eigenes Volk dafür verkaufe?
Glaubst du das wirklich? Meinst du nicht auch, dass ich,
wie deine Kollegin hier, eine Rolle spiele um an mein
Ziel zu kommen, um Nero endlich Dingfest zu machen?
Ich bin hier seit, ich müsste jetzt Lügen, 15 Jahren, hier…
die Mädchen sind doch schon vorher verschwunden.

Und was meinst du, wem schiebt man zuerst den schwarzen Peter zu? Ich wusste von den Mädchen, meinst du, ich kann da einfach so reinstürmen?
Was habt ihr jetzt? Ihr habt die Kinder und jene, die nicht schnell genug rennen können, meinst du, es hört dann auf? Ich wollte den Scheißhaufen, nicht die Fliegen. Lass uns zusammenarbeiten. Ich gebe euch alles was ich habe, lege alles offen und das ist nicht wenig, dann lass uns das Monster zurück in die Hölle schicken. Leo, das ist doch ein Deal, oder?"
Kristin verließ den Raum. Ich ließ ihn, wie Bobby, erstmal in Sicherheitsgewahrsam nach unten in eine Zelle bringen. Zu seiner Sicherheit, er murrte zwar, aber es war ihm lieber, sich selbst vor den Medien und den Eltern und einem unliebsamen Besuch bei Nacht von Neros Schergen, zu bewahren
Ich brauchte frische Luft, ich ging aufs Dach, der einzige Ort, der nicht von lauten Menschen umgeben war. Kristin folgte mir. „Was meinst du? Lügt er? Er möchte doch nur seine Haut retten, es spricht doch alles gegen ihn, es gibt Zeugen, die Süßigkeiten…auch die Mädchen, wenn sie einmal nicht mehr Katzen sind…was sollen wir machen?"
Es wehte ein zarter Wind, viel zu zart, für all das, was unter unseren Füßen geschah. Die Sterne blinzelten gefällig, ein leichter Geruch von Verbrannten floss wellenartig zu uns, sie werden dieses Feuer nicht mehr löschen können. Ich würde dafür sorgen.

Frühlingsstürme,
schlafend,
leise atmend,
neben mir,
Jesus ruft in mir,
Vergebung,
ich bemerke meinen Ungehorsam,
meine Unvollkommenheit,
den Wahnsinn,
dieser Schöpfung,
die mit Eigensinn begann.

Kapitel 4 - Jagen Vögel

Inzwischen waren die Eltern eingetroffen.
Diesen Moment werde ich nicht vergessen.
Die Freude über die Geliebten, klang wie die Klage
über Tote. Können Tränen unterscheiden?
Schmecken sie anders? Eine Mutter fiel mir um den
Hals. Einer der Väter, wollte wissen wer dafür
verantwortlich war, ballte die Fäuste, trat gegen eine Tür,
als ich ihm keine Auskunft gab. Was solle ich ihm auch
sagen. Sie reagierten erschrocken, ja verstört als sie ihre
Kinder sahen, die Mädchen schienen fast teilnahmslos,
miauten, krabbelten auf allen Vieren. Die Eltern wollten
sie gleich mit nach Hause nehmen, doch sie durften,
ja mussten sie mit in die Klinik begleiten. Die Dinge
würden sich geben, der Katzenzauber gebrochen
werden, wenn wieder Vertrautes in ihrer Nähe ist.
Alltag, ungefiltertes Licht. Das Mädchen mit der Box,
wollte nicht von dem Holzwürfel lassen, als die Mutter
ihn öffnete, strömte ein unterdrückter Schrei durch ihre
zusammengekniffenen Zähne. Es war die Haarschleife
ihrer großen Schwester, die vor einigen Jahren
verschwand. Ich ordnete umgehend einen Suchtrupp für
morgen Früh an, dass sie dort graben sollten, wo wir die
Kästchen fanden. Nur ein Gefühl, aber diesem musste
ich nachgehen. Ich versicherte den Eltern, wir würden
alles tun…"Wirklich? Alles? Hören sie auf mit den
Floskeln. Niemand möchte etwas für uns tun.
Vergessen, verdecken, das könnt ihr, darin seid ihr gut.
Aber sich den Dingen stellen, die doch so offensichtlich

sind…, ihr habt Angst, vor euren eigenen Leuten.
Versprecht uns nichts. Was ihr machen könnt, das tut,
aber drängt uns nicht in eine Erwartungshaltung."
Die Fenster beschlugen, zu viele Menschen, zu wenig
Raum. „I miss you physically, cause your love is
otherworldly." Das Radio spielte seltsame Lieder,
weit hinter unseren Stimmen. Ich mochte es auch nicht
abstellen, es ließ mir etwas Normalität. Ich kippte das
Fenster, die Grillen zirpten, ich roch den Schweiß,
die Angst und das süßliche Parfum meines Gegenübers.
Lil', die eigentlich Lilian heißt, kaute nervös einen
Kaugummi, der schon lange seinen Geschmack verloren
hatte, er bewirkte eine leichte Überheblichkeit die ich
nicht leiden konnte. „Mädchen, hier arbeitest du also,
Blusen und knappe Röcke stehen dir besser. Bist du für
das hier verantwortlich?" „Ihr seid selbst für all das hier
verantwortlich, ich weiß nicht, wie weit du in der Sache
drin hängst, aber deine Brüder, sind Schuld, dass du hier
bist, nicht ich." „Aber du bist von denen, du weißt was
ich von den Bullen, Entschuldigung, von der Polizei
halte. Weißt du, wie viele deiner Kollegen bei uns in
der Bar sind? Und am nächsten Tag bekomme ich einen
Strafzettel, weil ich eine Minute zu spät zurück zum
Auto komme. Ich kann nicht so schnell.
Dieselben Griffel, die mich am Abend zuvor befummeln,
wenn sie mir ein paar Dollar in den Slip schieben,
fordern diese am nächsten Tag mit einem Grinsen
wieder zurück und schreiben eine dicke Rechnung.
Das Gesetz ist nicht blind, es hat ein Leuchtturmauge,
das sich dort hinwendet, wo es Vorteile sieht,

der blinde Fleck kennt nur Gewinner.
Und jetzt erwartet ihr,
dass ich meine Brüder ans scharfe Messer,
Made in USA, liefere, ich sag's wie es ist,
den Schuldigen habt ihr schon.
Schneekönig Carl. Richtet euer
Leuchtturmauge mal auf ihn.
So ein Wombat gräbt tiefe Höhlen.
Bekomme ich keinen Anwalt?"
So langsam wurde es eng. 5 Zellen, 3 besetzt.
Ich wäre gerne dort unten gewesen und hätte gerne
gehört, wie sie sich gegenseitig beschuldigen und
beschimpfen. Zum Glück sitzen dort unten 2 Kollegen,
die die Kurzschrift beherrschen.
Sie werden gut beschäftigt sein.
Das Gesagte wurde wichtig. Kristin bot mir an,
bei ihr zu schlafen. Sie würde sich sicherer fühlen und
das Sofa sei noch bezogen. Wir nahmen den
Hinterausgang. Die Presse gierte noch nach Neuigkeiten.
Die Pressekonferenz gäbe es erst am Mittag, bis dahin,
wussten wir mehr, auch ob sich mein Verdacht bezüglich
des Waldes bestätigte. Ich war zu müde für Worte,
erste Vögel sangen schon etwas vom neuen Tag.
Ich versuchte sie zu ignorieren, doch meine Gedanken
jagten sie so lange, bis ich in etwas Schlaf fand,
was mich schon seit Stunden umrundete.

Katzen jagen Vögel,
legen sie mir vor die Tür,
ein Geschenk aus Liebe,
oder weil sie mich respektieren,
Blut an den Wänden,
ich schimpfe,
morgen kommen sie wieder,
weil sie mich respektieren,
oder weil sie mich lieben.

Kapitel 5 - Regen

„Wie geht es Stacy?" Ich wusste, dass diese Frage in ihr brennt. Ich würde erzählen, was ich erzählen durfte, manche Dinge sollen aber Geheimnis bleiben. Sie lebt und arbeitet in New York, handelt erfolgreich mit Immobilien, was dem Löwen immer mal wieder ein Dorn in seiner Klaue ist. Selbst im fernen NY ist man nicht vor ihm sicher. Stacy nimmt es gelassen, wohnt zentral und hat ihr Büro im North Tower.

Im Sommer möchte ich sie endlich dort besuchen. Dass sie eine Beziehung hat, darf ich nicht erwähnen. Irgendein Broker, den sie mir einmal vorgestellt hat, dessen Namen ich aber wegen seiner unsympathischen Art wieder verdrängt habe. Stanley heißt er.

Stacy und Stan. Jetzt hab ich's wieder. Ich hoffe immer darauf, dass ich ihn bald vergessen darf. Stacy kennt meine Meinung, deshalb machen wir einen weiten Bogen um dieses Thema. „Eine Beziehung hat sie also keine?" Ich stelle mich unwissend und schlage vor, schnell zurück ins Präsidium zu fahren. Unterwegs besorgen wir uns Kaffee und Donuts. Die Medien belagern noch immer die Parkplätze, wir parken etwas abseits und nehmen den Hintereingang. Die Nacht verlief ruhig. Ein Team ist bereits damit beschäftig, das Waldstück umzugraben, bisher gab es noch keine Rückmeldung. Ich ließ mir einen der Wachleute aus dem Zellenbereich kommen. Der dankbar darüber war, seine Schicht unterbrechen zu können. „Sheriff, ich hab noch nie so viel Gequassel erlebt, das ging die

halbe Nacht so. Es sind fast 2 Notizblöcke geworden,
in Kurzschrift wohlgemerkt. Meine Kollegin schlug sich
ebenfalls tapfer, sie ging schon etwas eher. Jetzt schlafen
sie noch, zumindest die Lauten. Der Kollege, Carl,
fing irgendwann an japanisch zu reden, sorry,
das konnte ich nicht mitschreiben, ich habe manche
Worte in Lautschrift notiert, die er immer wieder
verwendet hat, vielleicht kennen sie einen Japaner,
der diese entschlüsseln könnte. Sonst war es ein Schuld-
zuweisungspingpong ohne Sieger. Anstrengend war
die Dame, die sprach oft so schrill, dass es in den Ohren
zwitscherte. Sie drohte mit ihren Brüdern, nicht nur den
anderen Insassen, auch uns und überhaupt jeden.
Als es ruhiger wurde und Mr…Also dieser Bobby,
endlich schlief unterhielt sie sich relativ ruhig mit Carl.
Sie sprachen über ihren Unfall, wie sie das Bein
verlor. Der Sohn, des Immobilienfritzen, Meyer genau,
wohnte einige Monate bei ihr, keine Ahnung wie die
Verbindung Zustande kam, nach einem Streit, rammte
er ihr nachts, während sie schlief, einen Bleistift in den
Oberschenkel. Um es abzukürzen: Sepsis, Amputation,
seit dem zahlt der Meyer kräftig und regelmäßig.
Die Brüder schworen Rache. Naja, den Rest kennt man
ja aus Filmen. Warum sie es Carl erzählt hat? Ich weiß es
nicht. Carl, schien nicht sehr interessiert,
wirkte teilweise so, als ob er es schon wüsste.
Als die Dame endlich schlief, die schnarchte lauter als
die beiden Kerle zusammen, versuchte Carl mit uns ein
Gespräch, so von Kollege zu Kollegen zu führen,
er würde kooperieren, hätte Information, die diesem

und auch anderen Fällen dienlich sein könnten.
Dafür wolle er heute noch mal mit ihnen sprechen.
Ich glaube das war die Nacht, grob zusammengefasst."
Ich schickte den Kollegen in den wohlverdienten
Feierabend, seine Ablöse kam gerade die Tür rein,
rubbelte sich die nassen Haare, es hatte zu regnen
begonnen, sie reichten sich kurz die Hände, tauschten
sich grob aus, bevor dieser dann ohne Umweg zu den
Zellen ging. Keine Minute später, kam er nach oben
gerannt. „Der Indianer ist tot."

Die Sonne bringt den Regen,
kein Wind, kein Sturm,
die Sonne die ihn sammelt,
auf ihrem Weg um das Tagesrund.

Kapitel 6 - Landnahme

Carl lag tot in seiner Zelle. Er hatte eine Schusswunde zwischen seinen Augen. Lilian zitterte und Bobby wütete, man möge ihn woanders hinbringen, nicht mal bei der Polizei sei man noch sicher.

Joe, Kristin, ich, der Kollege der sich gerade auf dem Heimweg befand, den Kristin im Sprint noch zurückholen konnte und seine Ablöse, standen in dem engen Zellenbereich und suchten nach Antworten.

Von den beiden Mitgefangenen hatte niemand etwas gesehen. Beide schienen noch zu schlafen, was die Aussage des Kollegen bestätigte. Wir konnten es uns nicht erklären, da ihm die Schusswunde aus nächster Nähe zugefügt wurde. Niemand sah jemand Fremden ein- und ausgehen, noch fehlte ein Schlüssel, es gab keinen anderen Zugang als diesen, den wir nahmen, wer dort unten war, musste an uns vorbei. Der erste Verdacht fiel auf den wachhabenden Kollegen, Fingerabdrücke wurden genommen, nach Schmauchspuren gesucht, die Dienstwaffe in Gewahrsam genommen und er vorübergehend auch. Von Möglichkeiten, war er die Plausibelste. Es war kein Schuss zu hören. Es gibt auch kein Polster oder ähnliches, durch das man den Schuss hätte dämpfen können, die Decken waren alle intakt, von dem üblichen Mottenfraß abgesehen,

auch die Jacken der anwesenden Kollegen. Da niemand das Office verließ, außer die Kollegin, die bereits gegen 4 Uhr in der Nacht ihre Schicht beendete, musste der Täter noch im Haus sein. „Hey, was ist mit uns?

Ich schwöre, das wird euch sowas von…..

Ein Gefangener stirbt im Gewahrsam, sogar ein Kollege, dann auch noch einer von den Sioux. Herzlichen Glückwunsch. Und wir sind dann die Nächsten, damit wir nichts ausplaudern? Mir steht ein Anruf zu, von dem möchte ich jetzt Gebrauch machen. Und wo ist überhaupt mein Anwalt, ich möchte hier keine Minute länger bleiben. Bobby, sag doch auch mal was. Gott, du bist so feig…warum sollte ich meine Klappe halten, ich bin eine unschuldige Bürgerin, die ohne Gründe festgehalten wird, oder gibt es irgendwelche Beweise, die das rechtfertigen? Anruf, jetzt! Bobby, du auch, ruf jemanden an! Anwalt, Frau, was weiß ich…hier können wir nicht bleiben! Macht die verdammte Zelle auf, oder soll ich schreien?" Kristin und ein Kollege führten sie nach oben ans Telefon. Sie rief einen Anwalt an, die Karte hatte sie in der Handtasche, es war bestimmt nicht das erste Mal, dass sie seine Hilfe benötigte. Eine halbe Stunde später traf dieser ein, mit ihm ein Pulk weiterer Medien. Der Todesfall, war kein Geheimnis mehr. Auch Joe bekam einen Anruf von höchster Stelle, musste sich erklären. Die Gefangenen sollten binnen einer Stunde in ein anderes Gefängnis verlegt werden. Zu ihrer eigenen Sicherheit. Lilian wehrte sich, Bobby war seltsam leise, sprach auch kaum mit seinem Anwalt, der ein Kollege von Lil's Anwalt war, sie kamen gemeinsam. Wir behielten die Beiden derweil in den Verhörzimmern, während die Spurensicherung und die Rechtsmedizin den Zellenbereich untersuchten und

Carl abtransportierten. Selbst der Hinterausgang war jetzt von den Medien belagert, ein Durchkommen nur mit Ellbögen möglich. „Wir haben menschliche Überreste gefunden." Mich durchfuhr ein Schauer, mein Verdacht hatte sich bestätigt. In dem Waldstück hinter dem Wonderland stieß man auf mehrere Leichen. Ob es sich dabei um die Mädchen handelte, deren Zöpfe in den Holzwürfeln steckten, würden die Untersuchungen zeigen, das würde dauern.

Noch hatte die Rechtsmedizin mit einem anderen Fall zu tun, der uns ebenfalls Rätsel aufgab.

Der Regen wurde stärker. Auch der Wind, der uns jetzt von allen Seiten entgegenschlug. Das FBI schaltete sich ein und würde aufgrund der Vorkommnisse nun die Ermittlungen übernehmen. Auch intern würde sich ein Ermittler dem Fall annehmen. Wir waren raus. Vorerst.

Landnahme,
Boote ohne Segel,
Ruder, die an Wellen lehnen,
sie mir vor die Füße treiben,
bis ich darin versinke.
Schwimmen, wie ich es lernte,
ist mir keine Hilfe.
Atmen, wie ich es lernte,
ist mir keine Hilfe.
Was die Wellen unter sich begruben,
schufen mir das Neue.

Kapitel 7 - Vermessung der Einsamkeit

Das FBI ist so, wie man es sich vorstellt und von den meisten Filmen kennt. Nicht sehr freundlich, allwissend und allmächtig. Die Leute sind gut vorbereitet, die Fragen konkret, die Anzüge maßgeschneidert, die Schuhe teuer. Man hat keine Zeit zu verlieren. Genugtuung für jene, die den Arm des Gesetzes mal beim Armdrücken gegen den größeren Bruder verlieren sehen wollen. Alle bisherigen Ermittlungsergebnisse mussten wir offen legen, dies geschieht nie ohne blutende Lippen. Da sie ungern im Schmutz wühlen, zog man uns nicht von dem Fall ab, stellte uns einen glattrasierten und gut riechenden Kollegen zur Seite, der nun unsere Anlaufstelle war, jede Information, jeder Antrag lief über seinen Schreibtisch. Kristins Chef, spielte nur mehr die zweite Geige, zumindest in diesem Fall und kümmerte sich um das Tagesgeschäft. In binnen Stunden wurden Hierarchien und Rollen getauscht. Ich befürchtete schon, dass sie mich in meinen Bezirk zurücksenden würden, doch es gab dort oben anscheinend wohlwollende Geister, die mich bei Kristin und ihrem Fall ließen. Was in der Zelle geschah, das Feuer im Wonderland, waren Ausläufer, wir konzentrierten uns auf die Mädchen und die Aussagen von Bobby, Lil' und Carl, dies wurde von Alex Moore, so hieß der FBI Agent, abgenickt.

Die Luft ist frisch, der Regen hat sie abgekühlt.
Ich mag es wenn man spürt, was man einatmet,
in die Lungen strömt, ohne, dass es einen Husten
provoziert. Wir fuhren in die Klinik, im Wartesaal stand
ein Fernseher, darauf eine Stellungnahme von Joe und
eher vage Worte zu den Fällen, die man, zumindest für
die Allgemeinheit, erstmal voneinander trennte.
Der Brand, die gefundenen Mädchen, der Mord.
Die behandelnde Ärztin schien eher ratlos,
versuchte das Verhalten der Mädchen mit einem tiefen
Trauma und der Möglichkeit einer Verdrängung,
zu erklären. Zwei Mädchen wiesen noch keine Spuren
von körperlichem Missbrauch auf, die Älteste,
die laut Eltern, seit fast einem Jahr verschwunden war,
musste die Hölle durchlebt haben. Sie erwies sich auch
als Anführerin des kleinen Katzenrudels, lebte ihr
Verhalten vor, die Anderen kopierten es, das schützte sie
womöglich. Tollwut, Wahnsinn, Hexerei, das schreckte
manchen Freier ab. Antworten, würden wir keine
bekommen. Nicht heute, nicht morgen, in ein paar
Monaten vielleicht. Die Eltern dankten uns, vor allem
Kristin, sie tat sich sichtlich schwer mit dem Dank,
die Kinder waren keine Kinder mehr, sie würden
irgendwann in dieser Einsamkeit verschwinden,
wenn sie nicht die richtige Hilfe bekämen.
Die Gerichtsmedizin, die in demselben Gebäude
untergebracht war, seufzte über unseren frühen
Besuch. „Was erwartet ihr. Ein Mann mit Schusswunde,
9 Millimeter, aus nächster Nähe, aber nicht aufgesetzt.
Er war noch warm, als er bei uns auf dem Tisch landete.

Ihr wisst jetzt auch nicht mehr als vorher, oder?
Außer, dass dieser Kerl ein Drogenproblem hatte,
seine Nasenscheidewand, löchrig wie Kinderhosen,
der toxikologische Befund eine Fundgrube für
stimulierende Substanzen, dass der überhaupt aufrecht
stehen konnte und nicht mit Geistern sprach…das tat er?
Oh…Die Macht der Gewohnheit. Das ahntet ihr?
Gewusst habt ihr es aber nicht, jetzt wisst ihr es.
Ganz offiziell. Die Organe, kommen dann die nächsten
Tage dran, sagen wir mal so, ich würde sie zu keiner
Spende freigeben wollen, das kann ich jetzt schon
prophezeien. Ob ich japanisch spreche? Nur weil ich
asiatisch aussehe, heißt das nicht, dass ich Japaner bin,
ich bin Koreaner. Wenn ihr einen Japaner sucht,
geht zum „Drachenfreund", dort bekommt ihr das beste
Sushi der Stadt, die können euch sicher weiterhelfen.
Ich werde meine Messer jetzt auch wetzen, könnt mir
gerne dabei zusehen…nicht? Morgen weiß ich mehr."

In der Vermessung der Einsamkeit,
keine Inseln,
ein Ozean, der Wellen schreibt,
in der stetig gleichen Schrift.
Verzeih mir, wenn ich daran ermüde,
weiterblättere, bis an jene Stelle,
die mit kurzen Worten,
Gewichtiges erklärt.

Kapitel 8 - Mit einem Kompass ohne Nadel

Es war gut, dass mir all das, den Appetit verdarb,
denn es roch köstlich und die Preise waren utopisch.
Ich bin nicht ganz leidenschaftslos gegenüber der
japanischen Küche, Claire liebt sie. Eine der
Streichholzkärtchen, mit einem roten Drachen darauf,
wanderte sofort in meine Hemdtasche. Der Kellner
schien ein wenig nervös, als er uns erblickte. Wir wollten
mit dem Chef reden, freundlich wies er uns an einen
Tisch und reichte uns Chips, sie rochen nach Fisch.
Ein langes Aquarium trennte den Raum in zwei
Hälften. Kristin, sah es sich aus der Nähe an. Ich konnte
den Ekel der letzten Stunden überwinden und knabberte
mich durch das salzige Gebäck. Es dauerte ein wenig,
bis ein schmaler Herr mit Schürze an unseren Tisch trat.
„Wie kann ich ihnen helfen. Ob ich einen Carl kenne,
sie meinen Sheriff Carl? Ja, er kommt jede Woche.
Er ist sehr freundlich und sehr hungrig. Sie sind
Kollegen? Carl ist was…?" Der Koch setzte sich.
Er hob die Hand, der Kellner kam gelaufen, er flüsterte
ihm etwas ins Ohr, daraufhin brachte er 3 Schnäpse.
„Tot. Wie kann das sein? Wir haben nur frische
Zutaten. Jeden Tag frische Ware. Erschossen? Ja, das ist
wohl Berufsrisiko. Entschuldigen sie. Aber er sprach oft
davon, dass wir uns nicht wundern sollen, falls einmal
die Polizei hier ist und…er sah oft Dinge voraus.
Ja, wir waren Freunde. Mehr als Freunde. Familie.
Wir waren schon einige Male zusammen in meiner
Heimat. Er liebt, liebte Japan. Vorallem den Fuji,

der zog ihn magisch an. Oh ja, er sprach sehr gut
japanisch. Was niemand weiß, oder nur sehr wenige,
er hat eine Frau in Japan, sogar eine Tochter. Es war
schwierig, sie wollten nicht weg. Er wollte nicht weg.
Er schickte ihnen Geld. Viel Geld. Er lebte einfach.
Arbeitete viel. Er wollte, dass es ihnen gut geht,
auch wenn er nicht bei ihnen ist. Es ist die Schwester
meiner Frau. Sie hat viele Schwestern. Ich weiß gar nicht,
wie ich es ihr sagen soll. Das ist schrecklich.
Ich muss wieder zurück in die Küche, die Gäste warten.
Ein Wort? Ja sagen sie schnell. Fotoschoto?…Sicher?
Ich weiß nicht, das hat er gesagt? Nein, das ist kein
Name, also…das soll japanisch sein? Ich…kann ich sie
anrufen? Ich werde das Wort ein wenig kauen, vielleicht
komme ich auf etwas was ähnlich klingt. Trinken sie aus,
bitte, auf Carl, ja?"
Wir fuhren zu Carl nach Hause. Die Tür war versiegelt.
Kristin trennte das Siegel mit ihrem Schlüssel.
„Was hoffst du zu finden? Drogen? Wenn welche hier
waren, haben sie sie bestimmt gefunden.
Die drehen jeden Kiesel um und die Hunde sind gut."
Ich wusste nicht, wonach wir suchten. Aber ich hatte
das Gefühl, dass wir zu wenig über ihn wussten und,
dass er mehr wusste, zu viel wusste, was ihm letztlich
das Leben kostete. Die Wohnung, durchwühlt,
das war nicht anders zu erwarten. Ob es das FBI oder ein
Einbrecher war, das machte keinen Unterschied.
Alle Schubladen herausgezogen, Polster von ihren
Sitzflächen gehoben, aufgeschlitzt, Schränke offen,
Ordner offen, Bilder schief oder abgehängt. Auf dem

Nachtkästchen wurden einige gerahmte Fotos
mitgenommen, Staub hatte ihren Standort
nachgezeichnet. Es ist seltsam in fremde Leben
einzutauchen, vor allem in das eines Kollegen.
Manchmal kommen sie einem dann näher als man
möchte. Es roch muffig, ich öffnete das Fenster.
Das Schlafzimmer hatte einen Blick auf einen kleinen
Garten. Ein Baum. Ein Tischchen, hohes Gras.
Der Baum wirkte seltsam, mit all seinen Vogelhäuschen.
Es waren mindestens fünf. Kristin schien dieselbe Idee
wie ich zu haben, wir gingen in den Garten, an der
Wand lehnte eine Leiter. Wir trugen sie zum Baum,
Kristin stieg nach oben und öffnete eines der
Vogelhäuschen. Das Zugangsloch war Artrappe,
es war verschlossen. In dem Häuschen, Beutel mit
weißem Pulver und eine alte Zigarrenschachtel.

Mit einem Kompass ohne Nadel,
auf offenem Meer,
ein Segel, was wir zu Fahnen schnitten,
Frieden, wer uns erblickt,
wir treiben einem Durst entgegen,
der von keinem Meer gestillt.

Kapitel 9 - Süden ist dort

In der Zigarrenschachtel, wie auf einem Patronengurt
aneinandergereiht, Röllchen mit 50 Dollar Scheinen.
Das Pulver, kein Geheimnis. Die Beutel sammelten wir
ein. Die Zigarrenschachtel mit dem Geld wanderte erst
einmal in mein Handschuhfach. Die Menge der Beutel
war erstaunlich und weit über einem Privatvorrat.
Es ist anzunehmen, dass er ein Zwischenhändler war,
von wem der Schnee kam und wohin er ging…es gab
keine Aufzeichnungen, keine Notizbücher, zumindest
keine die wir finden konnten. Vielleicht würden wir in
seinem Office fündig, da das FBI sehr gründlich arbeitet,
räumte ich der Suche keine großen Chancen ein.
Das Office lag direkt am Tränenhighway und auf der
Strecke zum Wonderland. Auch hier ein gelbes
Klebeband. Auch hier durfte Kristins Schlüssel Messer
spielen. Auch hier Chaos, sogar noch mehr, als bei Carl
Zuhause. Alles was man öffnen konnte stand offen,
außer die Fenster und der Kühlschrank. Es roch muffig,
die Waffen und sensible Daten wurden mitgenommen
und auch sonstige Dinge, die für Einbrecher spannend
sein konnten. Es wäre unkomplizierter gewesen, wenn
man einen Beamten hier abgestellt hätte, als all die Dinge
wegzuschaffen. Als Carl, seine Kollegen kommen hörte,
ist er ins Haus geflüchtet. Er hatte es eilig,
kaum Zeit für ausgeklügelte Verstecke und doch sollte
Brisantes nicht sofort gefunden werden. Die Meisten
spülen es die Toilette hinunter, das funktioniert bei
Notizbüchern nicht. Wo würdest du sie in der Eile

verschwinden lassen? „Natürlich dort, wo niemand sucht. Sag mal, was stinkt hier eigentlich so? Vielleicht aus dem Fenster werfen, hinter oder unter einen Schrank klemmen, darf ich? Ich mein das Fenster? Danke. Liegt hier irgendwo eine tote Ratte…du hast doch auch eine gute Nase…" Wir schnupperten wie zwei Bluthunde durch das Office: die Gummistiefel in der Garderobe. Unter einem der Stiefel ein Lache. „Unglaublich, zersetzt sich das Material oder warum…?" Die Antwort war schnell gefunden. Einer der Gummistiefel war bis zur Knöchelhöhe mit Schnaps oder ähnlichem gefüllt, daraus blinzelte die drahtige Oberseite eines Notizblocks. Kristin griff mit einem Handschuh in die Brühe, aus zersetztem Papier und den Bestandteilen des Gummistiefels. Der Block war nur mehr eine glitschige Masse, allein der Draht war noch für irgendeine Bastelei zu gebrauchen. Das waren wohl die Notizen, nach denen wir suchten. Die Namen hatte Carl mit ins Grab genommen.

Das Wonderland lag in seinem ersten tiefen Schlaf. Es standen drei Lieferwägen der Spurensicherung in der Einfahrt. Der Regen machte die Suche zu einer undankbaren Aufgabe. Ein Kollege bewachte das Gelände, wies uns einen Parkplatz etwas abseits. Dort wo meist die Trucks stehen. Die Hütte hinter der Bar, nur mehr ein schwarzes Gebilde aus ungelenken Formen und nur halb so groß, wie zu F***zeiten. Dort wo die Hundehütten standen, breitete sich nun eine riesige Zeltplane über die Köpfe der Suchenden aus,

die beinahe wie Archäologen anmuteten. Mit kleinen Spachteln und Pinseln befreiten sie das Erdreich Schicht um Schicht und sammelten das, was ihnen entgegenkam in nummerierten Plastikkisten. Einer der Kollegen, knipste die Funde. Immer wieder zuckte ein Blitz durch diesen künstlichen Raum, der sich bei jedem Windzug blähte. „Ah der Kollege aus dem Süden, wir hatten schon mal das Vergnügen, ist schon ein paar Jährchen her, Leo, stimmts? Man hat es uns hier nicht so leicht gemacht, zuerst das Löschwasser, dann der Regen, naja, aber zu finden gibt es hier genug. Leider. Neben viel Unrat, auch die Knochen überwiegend weiblicher Skelette. Nicht alle sind komplett und wohl über Jahre hier verbuddelt worden. Und wir sind erst hier vorne, ich möchte nicht wissen, was uns tiefer im Wald erwartet. Das wird uns noch Wochen beschäftigen. Zumindest was die Arbeit hier angeht, darüber hinaus, ein Leben lang. Ja, es ist anzunehmen, dass die Haare in den Boxen, den vergrabenen Mädchen gehörten, zumindest jenen, in den oberen Schichten, die darunter, liegen hier schon seit Jahrzehnten, wenn nicht sogar noch länger. Ich bin mir sicher wenn wir noch tiefer graben, landen wir in der Hölle. Diesen Ort Wunderland zu nennen, ist mehr als…gut, ich melde mich wenn ich mehr weiß, ah, das FBI, jetzt doch? Weißt du wie viele ähnliche Dinge hier auf Indianergrund oder Reservaten stattfanden und finden? Du möchtest es nicht wissen, der Staat auch nicht. Der ignoriert es weg.
Die Sachen landen in Akten und diese irgendwo in Kartons tief unten im Archiv.

Über gewisse Dinge möchte niemand sprechen,
vielleicht auch, weil man selbst zu tief drinhängt.
Meine 5 Cent. Diesmal muss es wohl ein wenig anders
sein, die Medien, sind halt inzwischen etwas aggressiver
als vor ein paar Jahren noch. Eine gute Story bringt viel
Geld. Also ich meld mich. Hat mich gefreut, das nächste
Mal hoffentlich unter besseren Umständen."

Süden ist dort,
wo man die Hölle kennt,
auch ein Himmel ist da,
einer, den man hier anders nennt,
der Vögel meidet
und Gesang,
Feuer ist, am Tage und bei Nacht,
sich Herzen wehren,
wenn sie zu nah an seiner Seite stehen,
Tränenschmelze,
bevor sie das Auge sehen,
das weint, ohne Tränen weint,
Trauer aber keinen Trost gebiert.

Kapitel 10 - Wo die Feuer bleiben

Kristin erzählte mir, sie telefoniere wieder mit Yasmeen,
mehrmals täglich sogar, sie könne kaum mehr schlafen,
dies helfe ihr. Sie meint jemanden am Fenster zu sehen
und höre jemanden durch das Zimmer schleichen.
Ihre Waffe ist griffbereit. „Leo, wahrscheinlich werde ich
verrückt. Es ist wie ein Sitzen im Ameisenhaufen,
es kribbelt überall, auch nachdem man sich schon
mehrere Male geduscht hat. Nero ist da draußen,
der Mörder von Carl, die Mörder der Mädchen und ich
bin mir nicht sicher, ob es der Mörder von Steve nicht
auch noch ist. Sie kennen unsere Gesichter, wie kannst
du da schlafen, Leo, kannst du?" Ich hab es gelernt.
Ist man alleine, oh man fühlt sich frei, ist nur für sich
verantwortlich, mal hier, mal dort, beweglich und
furchtlos. Was hatte ich zu verlieren. Tochter und Frau
weit weg. Jetzt ist Claire an meiner Seite, das macht mich
verwundbar, ich versuche es zu verdrängen.
Sie hilft mir, mich zu verdrängen. Ich lerne wieder zu
bleiben, mich auszuhalten, darüber zu reden.
Ich handle anders, bedachter? Ich kann Kristin
verstehen. Die Einsamkeit macht dich leichtsinnig.
Sie ist das Geheimnis, das jeder Selbstmörder in sich
trägt. Sie möchte leben, weiß nicht wie. Nicht so,
aber das Andere liegt viele Geschichten weit entfernt.
Man hatte Phil vom Fall abgezogen. Phil, den Chef der
Spurensicherung, der sich gerade noch durch
Erdschichten wühlte. Am Ende wurde er abgetragen.
Welche Hand? Wir werden es nicht erfahren.

Es waren 5 Cent zu viel. Die Ergebnisse ließen auf sich warten. Wir brauchten sie nicht. Es waren zu viele Mädchen, zu viele Lücken, zu viele Tränen. Es gibt keine Akten, alte Flyer die an Telefonmasten hingen, man brachte sie meinen Kollegen, sie schoben sie in Schubladen oder sammelten sie in einer Mappe, die nur für neue Zettel geöffnet wurde. Wir würden ihre Mörder nicht mehr fassen, viele waren selbst schon unter der Erde. Nero war spurlos verschwunden, er agiert nun aus dem Hinterhalt, wahrscheinlich unter anderem Namen. Caesar vielleicht, die Krone würde er sich nicht nehmen lassen. Ich ging wieder zurück in meine kleine Stadt. Zurück zu Claire, zu meinem Löwen, der langsamer wurde, aber nicht berechenbarer. Nach Tagen rief mich der Drachenfreund an. Wir fuhren zu ihm. „Setzt, euch, setzt euch. Meine Frau ist zu ihrer Schwester geflogen, sie überbringt ihr persönlich den schrecklichen Verlust. Es ist gut, ein bekanntes Gesicht in der Nähe zu haben. Was kann dich trösten? Nichts. Aber es ist gut, jemanden in der Nähe zu haben, der dich vor Dummheiten bewahrt, bis die erste Trauer abfällt, sie ist die Tödlichste. Ich habe das Wort, hin- und hergewälzt. Futtoshuto. Fuss schießt. Vielleicht hilft es euch weiter." Ja, das tat es. Ich überreichte ihm Carls Zigarrenschachtel. Für seine Witwe. Es ließ Schnäpse bringen. Wir stießen an, auf Carl, auf den Fuji und das Leben. Das immer dort ist, wo das Feuer ist.

Wo die Feuer bleiben,
dort ist Süden,
ein Kompass ohne Nadel,
vermessen schon die Einsamkeit.
Ich bin müde,
ich bin Vater,
doch ich denke wie meine Mutter,
jemand unter meinen Flügeln,
lässt mir das Herze glühen.

.

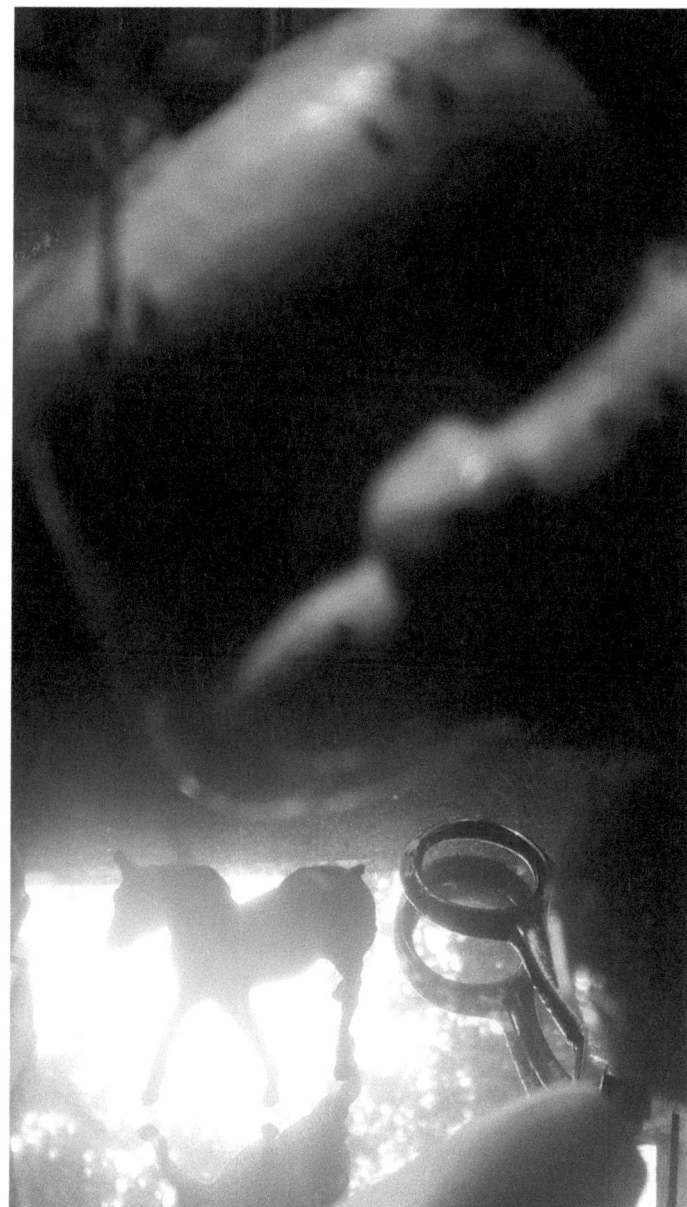

Sag Himmel
und wir werden ihn sehen,
sag Liebe,
wir werden sie spüren,
kämmen uns die Haare,
werden darin Sonnen finden
und einen Vogel,
mit goldenen Flügeln.
Sag es gibt ein Zurück
und ich bin hier.

Kapitel 1 - Sag Himmel

Christoffer schrie die ganze Nacht, die Zähne vielleicht,
der Bauch, ein schlechter Traum, es gibt so viele Gründe.
Er liegt zwischen uns, dort liegt noch mehr.
Günther sucht meine Hand, ich möchte nicht,
möchte nur etwas Schlaf. Heute der Auftritt,
ich habe kaum geübt. Es ist noch Zeit. Mein Auftritt hat
sich nach hinten verschoben, irgendwann abends,
es hat sich noch ein Künstler angekündigt.
Kurzfristig. Wer? Ich weiß es nicht. Aber ich bin
dankbar, so hab ich noch etwas Zeit zum Üben.
Es war schön deine Stimme zu hören, du glaubst nicht,
wie viele Versuche es mich kostete, deine Nummer zu
wählen und am Ende fühlte sie sich wie die
Kommastelle von Pi an. Ein Traumding,
wo Eile keinen Raum hat, man sich verwählt, einmal,
hundertmal, bis das Unglück schneller ist.
Unsere Leben, ein neuer Versuch des Alten und er fühlt
sich so richtig an. Mein linker, linker Platz ist frei,
Herzseite. Günther, zog schon lange aus, Christoffer
gehört die Hälfte, die andere Hälfte ist durstig,
das gewöhnliche Rot, steht ihr nicht, es ist zu wenig.

Sag Himmel,
unserer wird nicht mehr leiden,
Vögel sind dort,
fliegen in Schleifen,
singen dort, wo der Wind Lücken lässt,
auf deinem Herzen eine Wölbung,
die nach Heimat schmeckt.

Meine Ma ist immer die Erste. Sie mag das Gedränge am
Buffet nicht. „Schatz, du bist auch schon wach?
Die Aufregung? Kann ich verstehen. Wir müssen erst in
die USA, damit ich dich einmal vor Publikum
spielen sehe. Wie viel ich doch von dir verpasst habe.
Ja, der Abend mit Eagle war …schön aber anders.
Er ist so milde, so kenn ich ihn gar nicht und
gleichzeitig so charmant wie ein Mann im besten
Alter und sein Humor, wäre er 50 Jahre jünger...
Aber als Freund ist er unersetzlich. Den möchte ich nicht
aufs Spiel setzen. So viele habe ich nicht. Wie ist es
gerade mit Günther? Er, du, ihr wirkt nicht gerade
glücklich, nicht erst jetzt. Aber wenn man euch mal über
längere Zeit aus der Nähe betrachtet…ich starre nicht.
Vielleicht mit dem sorgenden Mutterauge, das starrt
immer. Bone hat mich auch schon darauf angesprochen
und Eagle sowieso. Bitte mach nicht denselben Fehler
wie ich, oder so viele…Christoffer liebt euch beide…
er unterscheidet nicht, er ist noch klein…es wäre die
beste Zeit...für …Guten Morgen Günther…und hey,
da ist aber noch jemand müde. Heute ist der große Tag
der Mama, wo hast du denn deinen Büffel…Bison…
Entschuldigung...der schläft noch? Recht hat er.
Hier verpasst er nichts, außer natürlich das Buffet,
greift zu, noch ist niemand hier,
nur zwei ausgehungerte Seelen,
die nicht warten können.“

Kapitel 2 - Und wir werden ihn sehen

„Deine Mutter hat hartnäckige Erinnerungen,
ich musste mich bemühen sie zu finden.
Manches bleibt wohl vergessen. 100 und wie viele Jahre?
Bone hilf mir mal…ab Hundert hört man auf zu zählen,
sonst macht es einen Angst. Fängt an vorsichtig zu sein.
Es ist schön, dass ihr hier seid. Vielleicht hab ich das
Festival auch nur für euch organisiert. Die Toten feiern
jeden Tag. Wir haben es verlernt oder meinen,
es sei nicht angemessen, das Leben an so einem Ort zu
feiern. Plötzlich meint man, uns mit Respekt begegnen
zu müssen. Mir sagen zu müssen, was richtig ist,
was falsch. Wo waren sie vor 90 Jahren? Wo sind sie
jetzt? Mädchen verschwinden, Wälder verschwinden,
die Bisons, wen kümmert's? Aber laut werden,
wenn man das Leben feiert und denen gedenkt,
die es nicht konnten. Ja, ich hör gleich auf…
Weißt du Yasmeen, nicht die Toten sind das Problem,
es sind immer die Lebenden. Halt dich von ihnen fern…
nicht von allen…Bone, ist glaub ich ganz gut geraten.
Nichts zu danken Sohn…Ja ich dich auch. Bone hat dir
gesagt, dass du heute erst etwas später die Bühne…
gut…Wer? Ich kenn die doch alle nicht…Bone? Bone?...
Wer spielt heute vor Yasmeen…Coven…ah Cohen…
ein Kanadier. Das sind auch gute Menschen, nicht alle,
aber die Meisten. Vorurteile, ich?
Junge, das nennt man Erfahrung…"

Günther und Christoffer sind in die Mall. Ich habe das
Zimmer für mich. Ich bin nervös. treffe oft den Ton nicht.
Möchte lieber vor der Bühne stehen, Zuhörer sein,
mich verlieren in der Menge, mein Bier verschütten,
jemanden den Kopf verdrehen, Fremden ein Lächeln
schenken, ein Plektrum fangen oder Drumsticks,
Mädchen sein, ohne Verantwortung, mich nicht um die
Rückfahrt sorgen, betrunken ins Zelt fallen und morgen
per Anhalter zur nächsten Bushaltestelle.
Leichtes Gepäck. Nur du und ich.
Ich übe unser Lied, es ist das Erste, was mir einfällt,
ich kann es auswendig. Alle anderen Songs sind Mühe,
Wiederholung, immer und immer wieder, auch die
Texte…die eh niemand kennt, doch ich bemühe mich um
Richtigkeit. Meiner Ma wegen, die heute ihre Tochter als
Ganzes sieht. Vielleicht macht mich gerade dieser
Gedanke nervös. Ich gebe nach 4 Songs auf,
meine Finger schmerzen, mein Kopf auch.
Es wird schon, irgendwie, es ging immer irgendwie.
Ich beneide die Jungs mit der E-Gitarre, die können ihre
Spielfehler hinter Lärm verstecken, das Genaue,
macht mich müde…
Ich gehe zu Woo. Seine Frühlingsrollen sind die Besten.
„Magst dir ein paar mit aufs Zimmer nehmen,
für den Kleinen? Die sind in der Mall? Dann greif zu,
die sind alle für dich. Das Rezept hab ich von meiner
Tante. Nein die kommt nicht aus China, wieso meinen
alle, nur weil wir Enten in der Pfanne haben, dass wir
Chinesen sind. Ich bin Japaner. Schon gut, aber weißt du
wie oft ich das in meinem Leben schon gehört habe…

ach…aber freut mich, dass sie dir schmecken.

Klar vermisse ich Japan. Irgendwann bin ich auch wieder dort. Meine Schwester bestimmt schon eher. Sie hat großes Heimweh. Wir haben einen Bekannten im Norden, bei dem hab ich meine Ausbildung gemacht. Ich kam mit meiner Mutter hier her, der große Traum von Amerika. Naja sie konnte ihn nicht leben, sie starb früh und ich musste für meine Schwester sorgen, der Bekannte nahm sich unser an, brachte uns das Kochen bei und jetzt bin ich hier. Ja Eagle, versorge ich jeden Tag mit Frühlingsrollen, ich glaube der ernährt sich von nichts anderem. Bone, bleibt bei seinen Steaks. Für die muss ich aber etwas verlangen, sonst werd' ich arm. Doch, sind gute Sachen dieses Jahr.

Sind ja inzwischen jedes Jahr mehrmals Konzerte hier, manchmal ganz schreckliches Zeug. Aber bei der Musikauswahl hat er echt ein gutes Händchen, wahrscheinlich war das Händchen Bone…wann spielst du? Da liegt mindestens noch eine Mahlzeit dazwischen, komm gerne vorbei…"

Ein Polizeiwagen hielt. Leo, führte einen jungen Mann ab, der sich nur widerwillig von der Bühne wegzerren ließ. „Ihr seid doch alle gekauft! Singt von Freiheit, schaut her Leute, das ist die Freiheit, von der sie singen…" Leo schüttelte den Kopf. „Wenn es zu deiner Freiheit gehört, den anderen das Geld aus den Taschen zu ziehen, auf diese Freiheit kann jeder hier verzichten…" „Scheiße ist das. Ich hol' mir bloß, was mir genommen wurde…" „Duck' dich, sonst geht noch mehr da oben kaputt…" Ein Kollege ging auf die

Bühne, wartete noch den Song ab und verlas dann die
Namen, denen die Geldbörse entwendet wurde.
Meist war es der Ausweis, oder der Führerschein,
der den Namen verriet. Unter Applaus sprinteten diese
auf die Bühne und ließen sich ihr Eigentum
aushändigen. Nur ein kleiner, gelber Stoffbeutel blieb
übrig, kein Ausweis, kein Führerschein, nur ein
gesticktes D.
Er würde im Souvenirshop hinterlegt werden.

Und wir werden ihn sehen,
bitte wiederhole es,
so oft bis ich daran glaube,
auch mein Auge,
das schon tränt vom vielen Starren,
du sagst, dort, dort,
doch ich sehe es nicht,
gebe dem Himmel sein Blau zurück,
das so hell ist, dass es blendet,
ein andermal,
bis ich dir vertraue.

Kapitel 3 - Sag Liebe

Ich hatte das Bedürfnis mit dir zu reden, nein ich musste! Das Telefon sandte mein Anliegen in dumpfen Morsesignalen hinaus in eine laute Welt, ich hoffte sie würden gehört, gingen nicht verloren auf dem Weg in den Norden, in die kühlen Wälder, wo Schatten nah beieinander stehen. Mein Herz strampelt, es erinnert mich an Christoffer kurz vor seiner Entbindung. Irgendwann tritt es durch diese dünnen Wände. „Ja…? Yasmeen, du bist es…ich bin gerade eingeschlafen… nein schon gut, ich muss eh gleich wieder los. Mein Leben raubt mir gerade meine Nächte. Ich weiß, ich werde sie nicht mehr wieder finden. Ich werde daran ergrauen und irgendeine Sucht beginnen, weil ich das Glück der Anderen nicht mehr ertrage, mehr noch als ihr Leid. Yasmeen, ich werde langsam verrückt, ich weiß zu viel und jene, die das wissen lauern, ich sehe sie schon überall. Bitte lass uns von hier weggehen, neu anfangen…denk dir einen Ort aus und ich komme mit…ich wünschte, ich wäre heute bei dir, stünde vor der Bühne wie ein Fangirl…spielst du unser Lied? Bitte denk an mich, dann bin ich da, stehe vor der Bühne und bin jene die dir ein Herz zuwirft. Ich muss jetzt, kann ich dich zurückrufen…später? Hast du eine Nummer? Das ist die Nummer des Wheelers…sogar die alte Durchwahl, kannst du dich erinnern…nicht einmal die haben sie geändert. Es ist wie früher und doch alles ganz anders. Verzeih mir meine Sentimentalitäten, aus denen ich einfach nicht erwache, weil ich mir nicht

mehr entschlafe…" Stille, irgendwann legt einer von uns
auf. Kein Abschied. Das ist gut. Wir hassen Abschiede.
Die Tür öffnet sich. „Ich dachte du übst, hast telefoniert,
oder? Ein Neuer? Würde Sinn machen, dein ganzes
Verhalten ist eine einzige Demütigung für unsere
Familie. Wir kamen mit, weil wir dachten, es würde dir
etwas bedeuten. Christoffer, fragt nach dir,
wo du bist, warum du nicht mitkommst, ich erfinde
Ausreden, Lügen, Gott ich lüge unseren Sohn an.
Jetzt tu nicht so, als ob ich mir das alles nur einbilde,
du kennst mich, ich irre mich nie. Es gab Zeiten,
da hast du diese Fähigkeit an mir geliebt. Ich hab mich
nie in dir geirrt, nicht in uns,…jetzt…Wir haben Essen
mitgebracht. Christoffer würde sich freuen,
er hat es ausgesucht, bitte tu ihm den Gefallen…"
Ich bin noch satt. Christoffer lächelt als ich den Salat mit
den Cherry Tomaten irgendwie hinunterdrücke.
Mir wird schlecht, spüle mit einer Coke nach,
hoffe es bleibt unten. Ich komme mir beobachtet vor,
Ma, versucht als einzige all dem keine Beachtung zu
schenken, stochert in ihren kalten Nudeln.
Ich spüre wie eine seltsame Hitze über mich wandert,
meinen Speichel anrührt, der nach oben strömt,
ich springe auf, wuschel noch schnell Christoffers Haar,
hoffe, ich schaffe es rechtzeitig auf die Toilette.
Ich würge den Wunsch des Körpers hinweg,
doch dieser lässt sich nicht überreden, ich erbreche mich
schwallartig, noch bevor ich den Klodeckel anheben
kann. Ich möchte nicht hinsehen. Ich spüre die sauer
riechende Masse in meinen Haaren, auf meinem Schoß

und sehe sie am Spülkasten hinunterwandern.
Traue mich nicht den Deckel zu öffnen, der die Masse
noch mehr in dieser kleinen Kotzzelle verteilen würde.
So würge ich die Reste hinauf und mit ihnen Tränen.
Mein Herz kotzt mir durch die Augen. Es klopft an die
Tür. „Schatz, bitte mach auf…" Meine Mutter steht dort,
mit einer handvoll Papierhandtücher. „Geh schnell unter
die Dusche, ich kümmere mich drum, keine Widerrede.
Mach schon." Sie streichelt meinen Rücken,
versucht etwas von dem unverdauten Salat aus meinem
Haar zu entfernen. Ich schwanke hinaus, zum Glück
kein Gegenverkehr. Ich eile ins Zimmer, stelle mich mit
den Klamotten unter die Dusche. Ich würge nur noch
Speichel. Bin dankbar für das Ende.

Sag Liebe
und alles wird gesund.
Die Nächte,
die noch an uns kleben,
weil sie unverdaut,
zu groß für Tränen.

Kapitel 4 - Wir werden sie spüren

„War wohl gerade alles ein bisschen viel.
Du wolltest Christoffer nicht enttäuschen, das hat ihm
viel bedeutet. Soll ich dir noch was bringen?
Wann hast du deinen Auftritt, in 5 Stunden?
Ungefähr…Dann ruh dich doch noch ein wenig aus.
Ich geh mit den beiden ein Eis essen, oder besuche Bone.
Der Kleine ist ganz vernarrt in ihn. Meinst du,
du kannst spielen? Ah Günther, klar kommt rein…ich
geh mal runter…" Ich lieg auf dem Bett. Unbeweglich,
einen Eimer neben mir. Christoffer kuschelt sich zu mir,
ich kraule sein Haar. Ich knipse den Fernseher an.
Günther setzt sich zu uns. Wir starren in den Kasten,
lass ihn für uns sprechen. Es laufen die Flintstones.
Alberne Medizin. Einmal müssen wir alle drei lachen.
Ein Moment, den ich festhalten möchte. Ich gleite in
einen Schlaf, der unerwartet kommt. Ein Junge der über
Gelände irrt, mit blauen kurzen Hosen und
einem weißen Shirt, um seinen Hals baumelt ein gelbes
Säckchen. Er setzt sich zu Eagle, greift in das Säckchen
und reicht ihm Tabak. Eagle nimmt ihn, zerreibt ihn und
bläst ihn auf die Bühne, auf der ich sitze.
Ich rieche den süßlichen Duft. Wir beide lächeln.
Der Junge lehnt seinen Kopf an Eagles Schulter.
Als ich erwache sind Christoffer und Günther
verschwunden. Eine Stunde geschlafen.
Mein Kopf brummt, ich habe Durst.
Meine Schritte wacklig, ich fühle mich leicht.
Ein Tanz in unbestimmte Richtungen. Das Mädchen am

Empfang lässt ausrichten, das Christoffer bei Bone ist.
Günter und meine Ma in der Stadt, einen Kaffee trinken.
Ich weiß nicht, ob es der Gedanke an Kaffe ist oder dass
meine Mutter und mein Mann einen Ausflug machen…
mein Magen rebelliert. Ich gehe zu Bone, er sitzt mit
Eagle auf der Veranda. Christoffer sitzt auf dem weißen
Geländer, eine Schnur um den großen Eingangspfosten
gebunden, ein hölzernes Pferd, das sich nur in Träumen
bewegt. „Yasmeen, komm setz dich. Der Kleine ist mal
wieder auf dem Rücken eines Pferdes, ich musste ihn
mal von meinen Schultern nehmen, die vielen Burger
der letzten Tage, machen sich langsam bemerkbar.
Aber die Veranda braucht auch mal etwas Auslauf.
Ihr solltet ihm ein Pony kaufen." Ich bin froh, das
Christoffer es nicht gehört hat. „Kann er schon
Radfahren? Gut, sehr gut. Mit Stützrädern? Ja, ein Jahr
noch…Bone, du hattest sie lange…" „Ich wollte auch
lieber ein Pferd…" „Ja, weil du faul warst, ich musste
dich auch ständig tragen. Legt sich einfach hin und geht
nicht mehr weiter. Naja, aus ihm ist auch was
geworden." „Irgendwann werd ich dich tragen…"
„Gott bewahre. Ah, der Last-Minute Künstler ist auch
da…ja dort, bei Woo. Wie auf dem Foto. Dass der keinen
Hitzeschlag bekommt in seinem schwarzen Anzug.
Ein fescher Mann, endlich mal jemand, der sich hier
vernünftig kleidet. Wann spielt der? Gut, den möchte ich
sehen. Stellst du ein paar Stühle vor die Bühne?
Die können gleich stehen bleiben.
Yasmeen du spielst nach ihm, richtig?"

Wir werden sie spüren,
die Tage,
die anders sind,
so ganz anders,
vorher schon,
ganz besonders,
weil sie bleiben,
sie werden Namen tragen,
sag mir, wie heißt dieser,
sag mir, wie heißt morgen.

Kapitel 5 - Kämmen uns die Haare

„Geht's deinem Magen besser? Gunther meinte du
hättest dich übergeben. Ich kann dir einen Tee brühen,
der hilft. Möchtest du mir helfen?" Ich gehe mit Bone
in Eagles Wohnung. Es riecht süßlich. Die Pflanze am
Fenster winkt uns zu. Inzwischen hatte sich die Raupe
verpuppt. Ich wundere mich um die Fülle ihres Kokons.
„Ich glaube Christoffer hat viel von dir, vor allem sein
Lachen, er gluckst jetzt schon so wie du, er hat Spaß,
das ist schön, auch deine Mutter, nur dein Mann scheint
nicht glücklich und du.., berichtige mich, wenn ich mich
irre, zumindest habe ich deine glücklichen Momente
anders in Erinnerung." Ich sage nichts, suche nur seine
Umarmung. Sein kariertes Baumwollhemd ganz nah,
es ist weich, ich mag das Muster, ein Straßenplan
vielleicht, ich spüre sein Herz unterhalb meiner Wange,
ich spüre seine Größe, seine Flügel, die sich schützend
über mich legen. Eigentlich brauche ich keinen Tee,
alles was ich gerade brauche, geschieht.
Der Tee schmeckt bitter, ich erinnere mich, ihn schon
einmal getrunken zu haben. Er half. Es schwimmen noch
Kräuterreste darin. „Trink sie ruhig mit,
die schaden nicht. Tut gut? Lass uns wieder
hinausgehen, sonst wird Eagle unruhig, er hat es nicht so
gerne, wenn man zu lange in seiner Wohnung ist.
Ich bin jeden Tag hier, kenne jeden Gegenstand und doch
hab ich das Gefühl, es gibt etwas, was ich nicht
entdecken soll in seiner Abwesenheit.
Deine Haare sind noch feucht, lass uns ein wenig in die

Sonne setzen, so lange sie noch da ist. Wer gerade auf der Bühne steht? Ich weiß es nicht. Irgendein Dichter. Ist gerade freie Bühne. Jeder der meint, dass er was zu sagen hat, darf auf die Bretter. Ich bin ganz ehrlich, ich freue mich, wenn wieder etwas Ruhe einkehrt. Die Führungen machen jetzt Studenten, wir sind jetzt die beiden Alten aus der Muppet Show, wie heißen sie noch? Ich und mein Namensgedächtnis. Wir beobachten das Treiben und manchmal wollen die Leute auch etwas von uns wissen, Dad ist im Moment sehr gesprächig, ich verteile dann die Prospekte, er lässt mich eh nie ausreden, ach, soll er ruhig...was soll ich schon erzählen? Ja, die Katzenlady...das hast du auch schon gehört? Kein schöner Tod, sie hatte auch Katzen in der Wohnung, das Fenster war geschlossen und wie das so oft ist, wenn Katzen nichts mehr zu fressen finden... Ich glaube die Vorstellung würde sie nicht stören, sie liebte die Katzen, sie hätte sie nie füttern müssen, die finden immer etwas, doch in der Situation, gab sie sich, sonst wären sie tatsächlich verhungert. Ich fand sie erst ein paar Tage später, war mit dem Orchester unterwegs. Die Wohnung, Yasmeen, das kannst du dir nicht vorstellen...es hat Monate benötigt, bis sie wieder bezugsfertig war...ja, die Frau vom Löwen, zog in eine weitere Katzenwohnung. Aber sie ist freundlich, nur aus Katzen macht sie sich nichts. Immer mal wieder versucht es eine Katze, die sich an die alte Dame erinnert, vergeblich. Soll ich dir die Haare kämmen bevor sie in der Sonne verknoten? Moment..." Er zieht einen leicht verbogenen Kamm aus seiner Gesäßtasche.

Wir sitzen auf den Stufen der Veranda.

Bone kämmt mir die Haare, er ist ungewöhnlich sanft.

Irgendwann kommt Christoffer, möchte auch.

Bei ihm ist es mehr ein Reißen. Bone zeigt es ihm.

Er solle sich vorstellen, ich sei ein Pferd und er würde
meine Mähne kämmen. Von da an, ist er vorsichtiger.

Die Sonne schon im Dreivierteltakt,
wir kämmen uns die Haare,
ehe Knoten, unlösbar,
Nester bauen,
für unsichtbare Vögel.

Kapitel 6 - Werden darin Sonnen finden und einen Vogel

Der Tee wirkt. Nur mein Kopf summt.

Ein leises Pfeifen, ein Schiedsrichter der so beharrlich seiner Aufgabe nachkommt, bis man hört und einsichtig den Platz verlässt. Ich weiß nicht was zu tun ist.

Ich setze mich zurück in den Schatten. Günther und meine Ma kommen, Christoffer rennt zu seinem Vater, springt an sein Bein, er hebt ihn zu sich. Küsst seine Wange. Meine Mutter wuschelt ihm die Haare.

Günther bedankt sich. T-Bone wirft Christoffer noch sein Stoffbison zu, er fängt. Die Erwachsenen loben ihn.

Er grinst, ist stolz. Ich auch, möchte zu ihnen gehen, sie gehen zu dem Stand mit der riesigen Eistüte auf dem Dach. Versprochen ist versprochen. „Schatz, geht es dir besser? Möchtest du ein paar Schritte gehen.

Mir egal, wo es schattig ist? In den Wald, du weißt wo es lang geht?" T-Bone nimmt mir die Tasse ab.

„Bis später, vergiss die Zeit nicht…es wäre nicht das erste Mal." Er grinst. Ma gibt Eagle kurz die Hand, streichelt sie. „Bis gleich."

Wir gehen um die Bühne herum, dort wo die Zelte stehen, biegen wir in den Wald. Blechdosen und Flaschen. Ich nehme sie auf dem Rückweg mit. Hinter den ersten Büschen, Taschentücher. Es riecht unangenehm. Bäume mit eingeritzten Herzen und Namen. Jahreszahlen und der Versuch eines Gedichts. Vielleicht ist der Dichter abgerutscht und hat jetzt einen Finger weniger. Irgendwie wünsche ich es ihm.

Es ist ein heiliger Wald. Am Gedenkstein, Grabkerzen.
Die meisten roten Röhren leer, umgekippt oder in die
Büsche gekickt. In zweien flackert noch eine Flamme.
Ma und ich, würden die Leeren mitnehmen, stellen sie
auf die Seite, rücken den kleinen Gipsengel wieder auf
sein Beinkleid, werfen die dörren Blumen in den Wald.
Gehen weiter. „Ich hab mit Günther gesprochen.
Also eigentlich er mit mir. Jetzt kommen die
Eigentlich-Sätze. Eigentlich mische ich mich nicht in eure
Leben, das gehört sich nicht. Schatz, Günther liebt dich,
ich weiß nicht, wie oft er dies zu mir gesagt hat,
er ist sich deiner aber nicht mehr sicher. Er hat das
Gefühl seine Liebe laufe in die Leere…" Ich merke wie
Wut in mir aufsteigt. Möchte widersprechen.
Mein summender Kopf hält mich davon ab.
Ich bemerke, dass es bei einem Ja, weniger schmerzt.
Ein kurzes, unbegründetes Ja. Es streift keinen Schmerz,
es streift keinen Widerstand. „Schatz, mir musst du
darauf nicht antworten, ich weiß es doch eh.
Ich kenne dich schon eine Weile…ach du, komm mal
her." Ich dachte die Tränen für heute wären schon
aufgebraucht. Sie fließen, lautlos, bis sie doch ein kleines
Beben in mir auslösen. Ma's Arme, sind auch die meines
Vaters, den ich nie kennen lernte. Wir beide erschrecken,
als ein Mann mit wirren, weißblonden Haaren vor uns
steht. Er senkt seine Videokamera als er uns sieht.
Die Tonfrau hinter ihm mit einem Mikrofon, das aussieht
wie eine Figur der Muppetshow, tut es ihm gleich.
Beide grüßen, fragen mich, ob ich mich auskenne,
wohin der Waldpfad führt. Ich sage in die Dunkelheit.

Das scheint die Beiden anzuziehen, sie gehen an uns
vorbei, die Kamera wieder auf den Weg gerichtet.
Es erklingt Musik. Die Dichter hatten ihre Bühne,
jetzt darf die Musik wieder sprechen. Ich erkenne sie
sofort, meine Ma ebenso. Es ist Patti, wir eilen zurück.
Ich vergesse meine Tränen.
Vergesse meine Kopfschmerzen. Vergesse mich.

Die Felder golden,
wir werden darin Sonnen finden
und einen Vogel,
der in die Höhe steigt,
wenn wir ihn schrecken,
wir bleiben stehen,
schleichen,
wir hören ihn singen,
irgendwo,
zwischen Blumen und Korn versteckt.

Kapitel 7 - Mit goldenen Flügeln

Den Müll, den wir tragen konnten, stopfen wir in die übervollen Tonnen. Wespen stürzen sich auf die neue Beute, die doch enttäuscht. Wir finden kaum Platz, drängen in die engen Reihen, Ma hat Glück, man zieht sie nach vorne. Ein älterer, etwas fülliger Herr mit weißem Pferdeschwanz schiebt die umstehenden Leute auf die Seite damit Ma einen Blick auf die Bühne hat. Ich gehe zurück, setze mich zu Eagle auf die Veranda. „Keinen Platz gefunden? Die war vor 5 Jahren schon da, ich erinnere mich, ich mag sie, sie hat am Ende mit dir gesungen. Sie erinnert mich ein wenig an deine Mutter…" Bone deutete ich solle zu ihm kommen. Er steht neben Eagles Hütte. „Damit du Patti trotzdem siehst…" Eine Leiter lehnt an dem flachen Dach… „Nein, ich werde da nicht raufsteigen, das Dach trägt keinen 100 Kilomann, aber die Hälfte dürfte kein Problem sein und wenn…, du fällst nicht tief, entweder aufs Sofa oder in Eagles Bett. Wähle lieber das Sofa, sonst gibt's Ärger von Dad." Ich verdränge meine Höhenangst und steige nach oben. Der Wind sieht sofort nach, wer ihm da zu nahe kommt. Aber er lässt mich gewähren, beschäftigt sich nur mit meinen Haaren, kann sich nicht entscheiden wohin er sie legen soll. Die Sonne ist noch scharf, morgen werde ich leuchten wie eine Cherry Tomate. Das Holz glüht, ohne zu entflammen, ich setze mich auf meine Jeansjacke. Patti und ihre Band ist zu sehen. Sie scheint mich zu bemerken, winkt mir zu. Ich winke zurück,

die Leute drehen sich zu mir, auch Ma, sie winkt
ebenfalls. Das Holz knistert in der Sonne, ich spüre,
wie es sich dehnt, ich hoffe auf kein zu sehr.
Möchte nirgends landen, möchte nicht höher sein,
was ich nicht mit eigenen Flügeln bewältigen kann.
Es sind viele neue Songs. Am Ende spielen sie Easter,
ich lege mich hin, starre in den Himmel, lasse den Sound
über mich strömen. Erlebe ein zweites Osterfest.
Ich muss gegen die Schwere eines Schlafes ankämpfen,
spüre auch die Schwere des Lichts. „Schläfst du?
Ich möchte dich nicht drängen, jetzt kommt noch ein
Dichter, dann Mr. Cohen und dann bist auch schon du
an der Reihe…" Ich habe meinen Auftritt fast schon
verdrängt. Klettere eilig nach unten und eile ins Hotel.
Umziehen. Harfe stimmen, Texte ordnen. Es läutet das
Telefon. Die Rezeption, ein Anruf für mich, sie verbindet.
„Yasmeen? Ich wollt dir nur sagen, dass ich dich liebe.
Was immer auch passiert… Hast du schon einen Ort,
ein Land? Japan? Die Provence? Ich weiß nicht wie es
dort aussieht, ich vertraue dir. Und dann schneiden wir
uns die Haare. Ja? Ich wie Demi Moore in Ghost und
du…?" Mary Stuart Masterson in „Some Kind of
Wonderful". Unsere Küsse drängend, zu weit entfernt
und doch gefühlt. „Ich muss auflegen." Du singst die
erste Zeilen unseres Liedes, legst auf. Ich möchte deinen
Worten erwidern, nicht widersprechen, spüre ihr
Gewicht, das Gewicht das fehlte, damit ich nicht mehr
taumele. Hab es beinahe verdrängt, wie meine Höhenangst. Kann es dir nicht mehr sagen, du weißt es.

Mit goldenen Flügeln,
ein erweiterter Flug,
er soll nicht enden,
bis ich dich von oben sehe,
Lavendelfelder,
friedliebender Duft.

Kapitel 8 - Sag es gibt ein Zurück
und ich bin hier

Auf der Bühne, der elegante Mann mit der tiefen
Stimme. Eine Gitarre auf seinem Knie. Sein Spiel
makellos. Die erste Reihe nun bestuhlt. Eagle sitzt dort,
Bone und meine Mutter neben ihm. Günther versucht
Christoffer bei Laune zu halten. Als er mich sieht,
rennt er zu mir, für einen Augenblick hebt sich der Blick
des eleganten Mannes, er schmunzelt. Ich möchte mich
gerne dazusetzen. Christoffer gibt mir sein Bison,
es soll mir Glück bringen. Ich drücke ihn fest.
Gehe hinter die Bühne. Ein Sicherheitsmann empfängt
mich, ich zeige ihm meinen Ausweis. Er führt mich über
eine kleine Treppe nach oben, hinter den großen
schwarzen Vorhang. Es sind noch wenige Minuten bis
zu meinem Auftritt. Ich setze mich auf einen Stuhl mit
einer halbleeren Wasserflasche, ich stelle sie darunter.
Schaue zu, höre zu. Wundere mich über die Eleganz
dieses Mannes, eine schwarze Krähe auf einem
Grabstein, die von Anfängen singt. Ich werde ruhig.
Nur meine Finger zittern, das tun sie immer. Ein letzter
Akkord, Applaus, er verbeugt sich, einmal, zweimal,
dann sehe ich ihn wieder von vorne. Er wünscht mir viel
Glück. Einige Damen und auch Herren, versuchen hinter
die Bühne zu gelangen. Er gibt ein, zwei Autogramme.
Der Tonmann stört mich in meinen Beobachtungen.
Ich greife meinen Koffer und das Bison.
Der Tonmann, ein zusätzliches Mikro und einen Stuhl.
Den anderen Stuhl, trägt seine Kollegin hinter den

Vorhang, reicht ihm den Mann mit der Gitarre.

„Der gehört ihm." Die Reihen sind luftiger, nur die erste Reihe, die Bestuhlte, hat sich gefüllt. Leo sitzt jetzt dort, auch Woo und Patti! Patti.

Ich werde nervös, ein bisschen nur. Ich setze das Bison auf meinen leeren Koffer, rücke die Harfe zwischen meine Beine. Der Tonmann richtet die Mikros. Die Texte liegen wieder auf dem Boden, vor mir, ich brauche sie nicht, nur für den Notfall. Ich atme tief durch und beginne. Es gibt ein kurzes Feedback, das über das Publikum jagt. Es ist schnell wieder eingefangen.

Ich knüpfe Strophe an Strophe auf meinem singenden Webstuhl. Bone beugt sich vor, auch meine Ma, Christoffer sitzt auf Günthers Schoß, ganz ruhig, winkt, ich winke mit dem kleinen Finger, der einzige Finger der frei ist und der, der an den goldenen Ring grenzt, der mich für einen Moment blendet, als er zu weit im Sonnenlicht ist, das sich in Eagles Hütte spiegelt.

Ich vermisse Dhafer, der das letzte Mal noch im Regen tanzte, auch Neil, der meine Unsicherheit überspielte, den Regen, der mich erlöste, nur Patti blieb, sie sitzt mit geschlossenen Augen neben Woo, lächelt. Ich spüre die Sonne hinter mir in den Wald wandern, sie nimmt ihr Licht mit, lässt uns Reste, die irgendwann Feuchtigkeit ziehen und das Rot aus den Bergen saugen. Das Letzte Lied. Unser Lied. Ich verspiele mich, beginne erneut, passend die Worte, nach denen ich mich sehnte, der einzige Song, den das Publikum kennt, manche stimmen ein, ich bekomme eine Gänsehaut. Irgendwann endet auch er. Ich stehe auf. Applaus.

Ich verbeuge mich. Sehe wie alle stehen.

Nur Eagle nicht. Sein Kopf liegt auf seiner Brust.

Bone bemerkt es. Während die Menschen weiter applaudieren, legt Bone seine Arme um ihn, greift ihn und trägt ihn in seine Hütte. Meine Ma folgt ihm.

Dann Leo. Günther kommt zu mir, möchte mich umarmen, mich küssen, ich drücke mich an ihm vorbei, streiche Christoffer über die Haare, küsse ihn und reiche ihm sein Bison. Danke. Er lächelt.

Eagle liegt auf dem Sofa. Er schläft. Meine Mutter weint.

Der Kokon am Fenster öffnet sich.

Ein Vogel schlüpft, flattert aufgeregt durch den Raum und dann durch die offene Tür.

Sag, es gibt ein Zurück, sag, ich bin hier.